FANTASTIC BEASTS

THE CRIMES OF GRINDELWALD

原创电影剧本

WIZARDING WORLD

J.K. ROWLING

神奇动物
格林德沃之罪

〔英〕J.K. 罗琳 / 著

马爱农 马珈 / 译

原创电影剧本

封面及图书设计
米纳利马设计工作室

人民文学出版社
PEOPLE'S LITERATURE PUBLISHING HOUSE

著作权合同登记号　图字01—2018—7690

Fantastic Beasts: The Crimes of Grindelwald - The Original Screenplay
Text © 2018 by J.K. Rowling
Foreword © 2018 by David Yates
Jacket art and design by MinaLima © 2018 by J.K. Rowling
Interior illustrations by MinaLima © 2018 by J.K. Rowling
Simplified Chinese subtitles for the Warner Bros. motion picture translated by 马珈
Wizarding World Publishing Rights © J.K. Rowling
Wizarding World characters, names and related indicia are trademarks of and © Warner Bros. Ent. All Rights Reserved.
Wizarding World is ™ and © Warner Bros. Entertainment Inc.

图书在版编目（CIP）数据

神奇动物：格林德沃之罪：原创电影剧本/（英）J.K.罗琳著；马爱农，马珈译. —北京：人民文学出版社，2018（2025.9重印）
ISBN 978-7-02-014692-5

Ⅰ.①神… Ⅱ.①J…②马…③马… Ⅲ.①儿童文学—电影文学剧本—英国—现代 Ⅳ.①I561.835

中国版本图书馆CIP数据核字（2018）第248780号

责任编辑　翟　灿
美术编辑　刘　静
责任印制　苏文强

出版发行　人民文学出版社
社　　址　北京市朝内大街166号
邮政编码　100705

印　　刷　北京新华印刷有限公司
经　　销　全国新华书店等
字　　数　120千字
开　　本　890毫米×1230毫米　1/32
印　　张　9.5
印　　数　212001—217000
版　　次　2018年11月北京第1版
印　　次　2025年9月第33次印刷

书　　号　978-7-02-014692-5
定　　价　59.00元

如有印装质量问题，请与本社图书销售中心调换。电话：010—59905336

献给肯琦

目 录

前言
（大卫·叶茨撰写）
IX

《神奇动物：格林德沃之罪》
原创电影剧本
1

电影术语表
277

演职人员表
279

关于作者
283

关于图书设计
287

前言

我与许多作家有过合作,但没有一位像罗琳女士这样与众不同。她对自己笔下的人物和世界了解得十分透彻;她是我遇到过的思想最敏锐的人;她已享受莫大的成功,却仍惊人地脚踏实地。她的故事完全靠自己写就,但作为制片人和编剧的她,始终以一种真诚的合作精神参与影片的制作过程。

我第一次读到《神奇动物:格林德沃之罪》是在2016年春天,一年零两个月之后,我们开始拍摄电影。剧本让人感觉层次丰富,情感动人,而且具有最为宝贵的品质:独特。作为一位电影导演,它让我受益良多,并给了我一个充分发挥的空间。不论是重现二十世纪二十年代末的巴黎,调度一批新的神奇动物,还是探索这个情感丰富、线索庞杂、人物和主题都引人入胜的故事,准备和制作这部电影的每一天都令人兴奋和充满乐趣。

不过,第一次阅读剧本时最让我感到痴迷和陶醉的,是其中的人物。他们是永恒的,令人迷恋又耐人寻味。面对一个越来越复杂和危险的世界,他们每个人都经受

着全身心的考验——而那个世界，虽然经过艺术升华、被赋予了魔法，但在某些方面也跨越时空反映了我们的世界。

大卫·叶茨
2018 年 9 月 9 日

神奇动物
格林德沃之罪

原创电影剧本

原创电影剧本

第 1 场
外景。纽约,美国魔法国会——1927 年——夜晚

高空镜头:纽约和美国魔法国会大楼。

第 2 场
内景。美国魔法国会地下室,黑色墙壁,没有任何陈设——夜晚

长发、留着胡须的格林德沃,被魔法定在椅子上,一动不动地坐着。咒语飞过,空气微微发光。

阿伯内西在走廊里紧盯着格林德沃。

一只幼年食羊兽——美洲的一种吸血动物,半蜥蜴半侏

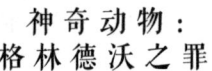

儒——被拴在格林德沃的椅子上。

第3场
内景。美国魔法国会，地牢间的走廊——随后不久——夜晚

主席瑟拉菲娜·皮奎利和鲁道夫·斯皮尔曼缓缓走向一道恐怖阴森的门，一路经过走廊两边数不清的警卫。

斯皮尔曼
（德语口音）
……摆脱他，我想
你们会很乐意。

皮奎利女士
把他继续关押在这里，
无疑我们会更高兴。

斯皮尔曼
六个月够久了，
该是他为欧洲罪行
负责的时候了。

原创电影剧本

他们走到门前，阿伯内西转过身，向他们致意。

阿伯内西
皮奎利主席，斯皮尔曼
先生。犯人受严密监管，
可随时押解。

斯皮尔曼和皮奎利女士盯着地牢里的格林德沃。

斯皮尔曼
我看你这是动足了
安保手段。

皮奎利女士
全是必要手段。
此人能量极其强大，
守卫不得不换了三次——
他的话太能蛊惑人心。
所以拿掉了他的舌头。

神奇动物：
格林德沃之罪

第 4 场
内景。美国魔法国会地牢——夜晚

地牢类似层层摞起的鸟笼。被缚的格林德沃被魔法悬在空中，运至楼上时，犯人们使劲拍打铁栏，大声叫着。

犯人们

格林德沃！格林德沃！

第 5 场
外景。美国魔法国会楼顶——几分钟后——夜晚

一辆类似灵车的黑色马车正在等待，拉车的是八匹夜骐。傲罗甲和傲罗乙钻进驾驶座，其他人把格林德沃押进车里。

斯皮尔曼

全世界的魔法团体
都欠你一个巨大的人情，
主席阁下。

皮奎利女士

千万别低估他。

原创电影剧本

阿伯内西朝他们走来。

阿伯内西
斯皮尔曼先生，我们发现了
他藏起来的魔杖。

他递过一个黑色的长方形盒子。

皮奎利女士
阿伯内西？

阿伯内西
还发现了这个。

他掌心里有个小药瓶，里面装着发光的金色物体。斯皮尔曼伸手去接这个挂在链上的小药瓶，阿伯内西迟疑片刻，松开了手。

当小药瓶交至斯皮尔曼手中时，马车里的格林德沃抬眼望向车顶。

斯皮尔曼钻进马车。傲罗甲驾车，傲罗乙坐在他身边。车门关上。一连串挂锁在车门处出现。随着一阵令人紧张的鼓点般的咔嗒声，挂锁牢牢锁上。

神奇动物：
格林德沃之罪

傲罗甲

驾！

夜骐飞起来。

马车垂直降落，随即在瓢泼大雨中凌空而起。更多的傲罗骑着扫帚跟在后面。

停顿。

阿伯内西握着老魔杖向前走去。他抬头看着渐渐远去变小的马车。他幻影移形。

镜头切换：

第6场
外景。夜骐拉的马车——夜晚

马车底部。阿伯内西幻影显形，抓住车轮的辐条。

原创电影剧本

第7场
内景。夜骐拉的马车——夜晚

斯皮尔曼和格林德沃坐在车里,四目相对,两侧站着傲罗,都用魔杖指着格林德沃。格林德沃的魔杖盒放在斯皮尔曼的腿上。

斯皮尔曼举起挂在链上的小药瓶。

斯皮尔曼
还能靠银舌诡辩吗?

然而格林德沃开始变形……

第8场
外景。夜骐拉的马车——夜晚

阿伯内西在马车底部调整着抓辐条的姿势。他的脸也在变形。他的头发变黄、变长……他才是格林德沃。他举起老魔杖。

神奇动物：
格林德沃之罪

第 9 场
内景。夜骐拉的马车——夜晚

格林德沃正迅速变成没有舌头的阿伯内西，变形已几乎完成。

斯皮尔曼

(惊愕)

啊！

第 10 场
外景。夜骐拉的马车——夜晚

已完成变形的格林德沃，在马车底部幻影移形……

……并在驾驶座旁边幻影显形，被傲罗甲和傲罗乙发现。格林德沃用魔杖指着马车缰绳，把黑色绳索变成活蛇，蛇擒住傲罗甲。傲罗甲跌出马车，从骑扫帚的傲罗们身边经过，坠入夜空。

原创电影剧本

格林德沃又射出一个咒语,黑色缰绳把傲罗乙如蚕蛹一般捆得严严实实,像弹弓一样掷入空中,旋即反弹回来,击倒傲罗丙和傲罗丁。他们摔出夜骐拉的马车,跌入黑暗之中。

神奇动物：
格林德沃之罪

第 11 场
内景。夜骐拉的马车——夜晚

所有的魔杖都掉转方向，向斯皮尔曼和剩下两位傲罗的脖子猛刺，形势十分危急。斯皮尔曼眼睁睁看着自己的魔杖化为尘埃。

马车剧烈颠簸，两扇门都打开了。格林德沃的脑袋在窗口出现，惊慌的斯皮尔曼打开腿上的魔杖盒。食羊兽跳出来，把尖牙深深扎进斯皮尔曼的脖子。斯皮尔曼拼命挣扎。小药瓶掉在地上。

原创电影剧本

第 12 场
外景。夜骐拉的马车——夜晚

格林德沃驾驶马车降落在哈德孙河上继续疾驰,傲罗们骑着扫帚在后面追赶。马车的车轮掠过水面。骑扫帚的傲罗们快要追上了。

格林德沃用老魔杖触碰河面,河水立刻开始灌满马车。

他将马车重新升到空中。

第 13 场
内景。夜骐拉的马车——夜晚

两位傲罗、斯皮尔曼和阿伯内西被水淹没,屏住呼吸。

斯皮尔曼想抓住漂在水中的小药瓶,但食羊兽挡住了他。双手仍然被缚的阿伯内西,费力地用嘴叼住了小药瓶。

神奇动物：
格林德沃之罪

第 14 场
外景。夜骐拉的马车——夜晚

格林德沃仍在驾驶马车，他转动着魔杖，指向周围的暴风云。一道道闪电劈中骑扫帚的傲罗，把他们挨个儿从空中击落。

第 15 场
内景。夜骐拉的马车——夜晚

格林德沃在车门处出现，朝阿伯内西点点头。他把门打开，河水顿时涌了出去——剩下的两位傲罗也被冲走。格林德沃钻进车里，从阿伯内西嘴里取回拴在链上的小药瓶，施了一个魔咒，让阿伯内西重新长出一条分叉舌。

格林德沃
你加入了崇高的事业，
我的朋友。

原创电影剧本

格林德沃扯下斯皮尔曼身上的小食羊兽。食羊兽亲热地用血迹斑斑的脸蹭他的手。

格林德沃
知道。我明白。
安东尼奥。

他厌恶地看着它。

格林德沃
你太烦人了。

然后他把它丢出门外。

他用魔法把斯皮尔曼击出敞开的车门,又在他身后扔出一根魔杖。

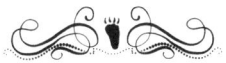

第16场
外景。大西洋上方的天空——夜晚

斯皮尔曼坠落时,挣扎着抓住了魔杖,使出一个无形的

神奇动物：
格林德沃之罪

减速咒。斯皮尔曼缓缓坠向海面，同时看着他的马车朝欧洲的方向疾驰而去。

原创电影剧本

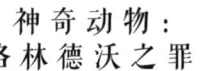

第17场
外景。阴云密布的伦敦,白厅——三个月后——下午

一片阴郁的沉寂。定场镜头。

一只猫头鹰俯冲着飞进魔法部。

原创电影剧本

第 18 场
内景。魔法部——下午

纽特·斯卡曼德独自坐在昏暗的等候区,睁着双眼发呆。片刻之后,他感到有东西在拉扯他的手腕。他低头看去。护树罗锅皮克特正拽着他袖口松开的一根线头荡秋千。

线头断了。皮克特摔了下去。纽特的纽扣在走廊上滚向远处。纽特和皮克特注视着它远去。

停顿。

神奇动物：
格林德沃之罪

接着他们同时跑去追它。纽特抢先一步。他弯腰捡纽扣时，发现面前有一双女性的脚。

莉塔（画外音）
他们在等你了，纽特。

他站起身，与莉塔·莱斯特兰奇面对面。莉塔容貌美丽，面带微笑。纽特把纽扣和皮克特塞进口袋。

纽特
莉塔……你怎么
在这里？

莉塔
忒修斯觉得我
也来魔法部大家庭
会很好。

纽特
他真的说了
"魔法部大家庭"？

她发出一声轻笑。他们顺着走廊往前走。气氛紧张。两人之间有很多往事。

原创电影剧本

纽特
这话像我哥哥说的。

莉塔
你一顿晚餐也没来吃过,
忒修斯有点失望。
我们请你,你都没来。

纽特
我嘛,一直忙。

莉塔
他是你哥哥,纽特,
他愿意跟你多待一会儿。
我也是。

纽特发现皮克特爬上他的翻领,掀开了他上衣胸前的口袋。

纽特
(对皮克特)
你跳进去,皮克。

皮克特舒舒服服地钻了进去。

神奇动物：
格林德沃之罪

莉塔

（微笑）

怎么奇怪的生物
总那么爱你。

纽特

生物没有奇怪的——

纽特和莉塔

"——只是人心胸狭隘。"

她又露出微笑。纽特——也只是——回以一笑。

莉塔

你上次对普伦德加斯特
说这话，被课后留校了
多久？

纽特

说起来，我觉得留了有
一个月。

莉塔

我在他书桌底下
装了粪弹才能来陪你，
记得吗？

原创电影剧本

他们已经能看见通向会议厅的那两道凛然、阴森的大门。忒修斯·斯卡曼德出现了。

纽特
这个我不记得了。

遭受冷遇的莉塔停住脚步。纽特转脸朝忒修斯走去，忒修斯与纽特十分相像，只是更加开朗和从容。忒修斯朝莉塔眨眨眼睛，然后转向纽特。

忒修斯
你们好。

莉塔
忒修斯。我们刚聊到
纽特会来吃晚餐。

忒修斯
真的？好吧……
我们进去之前，我——

纽特
——已经是我第五次了，
我知道规矩，忒修斯。

神奇动物：
格林德沃之罪

忒修斯
这次，这次跟原来
不一样，你就尽量
别带任何成见，行吗？
然后别再那么——

他无声地打了个手势，示意着皮克特、纽特的蓝上衣，以及他乱糟糟的头发。

纽特
——那么像我？

忒修斯
（不无爱意）
这没有坏处。来吧，
我们走。

原创电影剧本

神奇动物：
格林德沃之罪

第 19 场
内景。魔法部，审讯室——下午

纽特和忒修斯走进房间，里面已经坐着托基尔·特拉弗斯（严苛、性情乖戾）、阿诺德·古斯曼（美国人）和鲁道夫·斯皮尔曼（身上仍有格林德沃逃脱时留下的伤痕，脖颈处可见被咬的血印）。

纽特和忒修斯在两把空椅子上落座。房间的角落隐没在暗处。

原创电影剧本

特拉弗斯
听证会开始。

羽毛笔开始书写。特拉弗斯打开面前的一份文件,里面有纽特通缉令的照片,以及纽约遭默默然破坏后的图片。

特拉弗斯
你想申请取消
对你的出境禁止令。
为什么?

纽特
因为我喜欢出境
转转。

斯皮尔曼
(读面前的文件)
"禁止对象不合作,
并对前次出境原因
避重就轻。"

所有的人都看着纽特,等待着。

纽特
那次是实地考察,先生。
为我在写的魔法动物的书

神奇动物：
格林德沃之罪

收集资料。

特拉弗斯
你毁了半个纽约。

纽特
不对，从真实性来说
这两项并不正确——

忒修斯
(轻声而坚定)
纽特！

纽特不说话，皱起眉头。

古斯曼
斯卡曼德先生，
显然你很沮丧，
老实说，我们也是。
本着让步协商的精神，
我们愿意提出一项动议。

纽特警惕地看了忒修斯一眼。忒修斯点点头：听听看。

纽特
什么样的动议？

原创电影剧本

特拉弗斯

委员会同意撤销
你的出境禁止令,
只要一个条件。

纽特等待着。斯皮尔曼探身向前。

斯皮尔曼

你加入魔法部,
特派到你哥哥
的部门。

纽特体会着这番话,然后:

纽特

我不去,我想——我太——
忒修斯是位傲罗。
我的天赋在其他领域。

古斯曼

斯卡曼德先生,魔法世界
和非魔法世界已经和平
共处了一个多世纪。
格林德沃想亲眼见证
这份和平毁灭,对于
我们这个群体的某一部分人,

神奇动物：
格林德沃之罪

他的消息非常有诱惑力。
许多纯血统巫师信奉
统治权与生俱来，
不仅是我们的世界，
也包括非魔法世界。
他们把格林德沃视作英雄，
而格林德沃把这个男孩
视作实现一切的途径。

听到这里，纽特眉头紧皱，看到克莱登斯的脸在桌面浮现。

纽特
对不起，听你这么说，
就像克莱登斯还在
我们身边。

忒修斯
他死里逃生了，纽特。

纽特突然怔住，双眼紧盯着忒修斯的眼睛。忒修斯点点头。

忒修斯
他还活着。数月前离开了纽约，
在欧洲某个地方，

原创电影剧本

具体在哪儿我们不知道,
但是——

    纽特
想让我去抓克莱登斯?
去杀了他?

从墙角的阴影处传来低哑、险恶的笑声。

    格里姆森
还是冥顽不灵的斯卡曼德。

听到说话声的纽特做出反应。格里姆森挪到亮光里。他伤痕累累,面相凶狠,是受雇的动物猎人。

    纽特
    (气愤)
他来这儿干什么?

    格里姆森
你太软弱,干不了的
工作我接手。

格里姆森朝他们走来,克莱登斯幽灵般的形象在施了魔法的桌面闪动。

神奇动物：
格林德沃之罪

格里姆森

（意指克莱登斯）

就是他？

纽特愤怒地站起身，大步朝门口冲去。

特拉弗斯

（在他身后大喊）

出境申请驳回！

忒修斯注视着房门关上。委员会显得并不意外，都把目光转向不怀好意笑着的格里姆森。

第 20 场
内景。魔法部，走廊——下午

忒修斯追赶着纽特。

忒修斯

纽特！

纽特停住脚，转过身。

原创电影剧本

忒修斯
（暴躁）

你以为我跟你
不一样,喜欢用
格里姆森?

纽特

我不想听你说只要目的
正义,手段就是正义的,
忒修斯。

忒修斯

你也该把脑袋从
沙子里拔出来了。

纽特
（恼火）

哦,好,又开始了。
我自私……不负责任……

忒修斯

你清楚,等到时候所有人,
每个人都必须选一边,
你也不例外。

神奇动物：
格林德沃之罪

纽特

我不选。

忒修斯

纽特……

他转身离开，但忒修斯追上他，抓住他的胳膊，不让他走。

忒修斯
(把他拉到怀里抱住)

上这来。

纽特没有回应，但也没有挣脱。

忒修斯
(对纽特耳语)

他们在监视你。

原创电影剧本

第 21 场
内景。魔法部,审讯室——下午

格里姆森坐在纽特刚才的座位上,面对委员会。

格里姆森
那么,先生们,看样子
是我得到了这份工作。

神奇动物：
格林德沃之罪

原创电影剧本

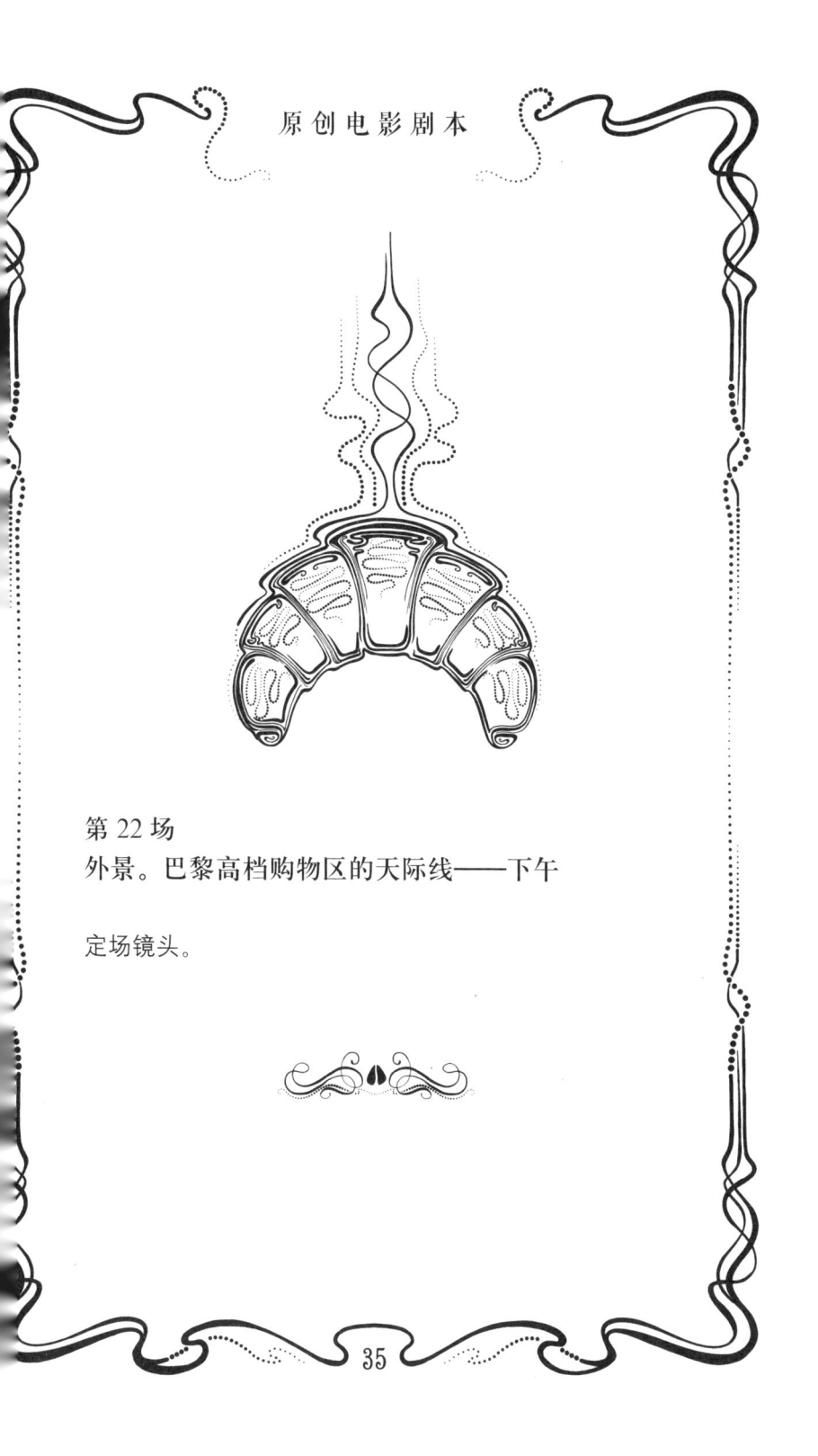

第 22 场
外景。巴黎高档购物区的天际线——下午

定场镜头。

神奇动物：
格林德沃之罪

第 23 场
外景。风格典雅的街道，街边是十九世纪的巴黎房屋——下午

格林德沃和他的追随者巫粹党们站在街上。格林德沃用手杖指着一座特别华丽的房子。

随着一阵嗒嗒声，一辆马拉的灵车驶来。

纳杰尔、克拉尔、卡罗、阿伯内西、克拉夫特、罗齐尔（女性）和麦克杜夫走到房子的前门。克拉尔用魔杖打开门。巫粹党们走了进去。

     巴黎男人（画外音）
 亲爱的？

     巴黎女人（画外音）
    （担忧）
 是谁？

格林德沃环顾街道，神色平静，等待着，用手杖敲打着人行道。

一道绿光闪过——是杀戮咒。房门再次打开，出来了两具黑色的棺材。格林德沃注视着纳杰尔和克拉夫特把棺材抬上马车。

原创电影剧本

第 24 场
内景。格林德沃的藏匿处，会客厅——下午

格林德沃审视着他刚杀害的那个上流社会家庭中散落一地的豪华物件。

格林德沃
彻底清理之后，
这里就很舒适了。
（对纳杰尔）
你现在就去趟马戏团，
把我的信带给克莱登斯，
开启他的旅程。

纳杰尔点点头，离开了。

罗齐尔
等我们赢了，上千万的人
就会逃离城市。
他们的好日子够了。

格林德沃
很多事不必大声说出来。

神奇动物：
格林德沃之罪

我们要的只是自由，
做回自己的自由。

罗齐尔
让我们消灭所有非巫师。

格林德沃
不是所有人，我们没那么
无情。留着驮东西的牲口
向来很有必要。

近旁传来一个孩子的声音。

第 25 场
内景。格林德沃的藏匿处，儿童房——下午

格林德沃走进来。一个小孩子抬起头，神情迷惑。格林德沃端详了他片刻，然后朝卡罗点点头，转身离开。

格林德沃关门时，又一道绿光闪过。

原创电影剧本

神奇动物：
格林德沃之罪

第 26 场
外景。伦敦小街——傍晚

纽特幻影显形，在乌云逐渐堆积的天空下快步行走。几秒钟后，傲罗斯特宾斯在他身后几米远处幻影显形。这场追逐已经持续了一小时。纽特拐过街角，进入一条更昏暗的小巷，回身从拐角探头张望，然后用魔杖指着斯特宾斯。

纽特
（轻声）
风旋骤卷。

斯特宾斯立刻被一股飓风裹挟。他的帽子被风刮走，人几乎站立不稳，无法前行，路上的麻瓜们疑惑不解，但觉得很有趣。

纽特微微一笑，缩回脑袋，仍倚靠在暗巷的墙上，突然发现一只黑手套悬空出现在他面前。他面无表情地看着手套。手套轻轻一挥，然后指着远处。纽特朝它指的地方望去。在圣保罗大教堂高高的圆顶上，一个小小的人影举起手臂。

纽特回头看着手套，手套做出要握手的姿势。纽特握住手套，然后和它一起幻影移形了——

第 27 场
外景。圣保罗大教堂的圆顶——傍晚

——他们在一位打扮讲究的四十五岁巫师身边幻影显形，巫师赤褐色的头发和胡须已显得花白。纽特把手套还给他。

纽特

邓布利多。
（忍俊不禁）
不显眼的屋顶都挤满了？

神奇动物：
格林德沃之罪

邓布利多
（眺望整个城市）
我的确喜欢欣赏风景。
云雾缥缈。

一团翻滚的雾在伦敦上空下降。

他们幻影移形。

第28场
外景。特拉尔法加广场——傍晚

邓布利多和纽特幻影显形，继续前行，走过高大的兰西尔石狮。黑云压城，天色中越发透着不祥。他们走近时，一群鸽子飞了起来。

邓布利多
怎么样了？

纽特
他们还是坚信是你

原创电影剧本

派我去纽约的。

邓布利多
你说不是我？

纽特
对。虽然的确是你。

停顿。邓布利多神秘莫测，纽特想得到答案。

纽特
你告诉我如何找到
那只被交易的雷鸟，
你很清楚我会带他回家，
而且还只能
用麻瓜的方法
把他送回去。

邓布利多
我总觉得跟伟大
有魔力的鸟类之间
有亲切感。家族里流传
一个故事，任何邓布利多
家的人有急切需要，
凤凰就会来。
据说我曾祖父

神奇动物：
格林德沃之罪

就有一只，但他去世后
就飞走了，
没再回来。

纽特
请容我冒昧，教授，
我绝对不信这是
你跟我讲雷鸟
的原因。

身后传来声音。一个男人的轮廓在阴影中出现。他们幻影移形——

第 29 场
外景。维多利亚汽车站——傍晚

近旁有脚步声。两人举起魔杖做好准备，但脚步声逐渐远去。他们继续往前走。

邓布利多
克莱登斯在巴黎，纽特。
在寻找自己真正的家族。

原创电影剧本

我猜，你也听过传言，
关于他的真实身份？

纽特

没有。

邓布利多和纽特登上一辆停着的公共汽车。

邓布利多

纯血统巫师认为他是
法国重要家族的最后血脉。
人们以为，他婴儿时
就失踪了。

两个人交换目光，纽特大为震惊。

纽特

说的不是莉塔的弟弟？

邓布利多

所以才悄悄议论。
纯血统与否，
我知道的是，
缺少爱的关怀
催生默默然，
与黑暗双生，别无他交。

神奇动物：
格林德沃之罪

如果克莱登斯有亲兄弟
或姐妹能替代默默然，
他也许还有救。

(停顿)

不管他在巴黎什么地方，
要么他有危险，
要么危及别人。
虽然不清楚他的身世，
但必须找到他。
而我更希望是你
去把他找到。

邓布利多凭空变出一张尼可·勒梅的名片，递给纽特，纽特怀疑地端详着名片。

纽特

这是什么？

邓布利多

一个地址。是我一位
很年长的老熟人。
巴黎的一处安全屋，
用魔法增强过保护。

纽特

安全屋？我干什么

原创电影剧本

要在巴黎用安全屋?

邓布利多

希望用不上,
但事情有时会
变得非常不对头。
有地方能去是好事。
能有杯茶喝。

纽特

不,不不不——绝对不行,不不。

第30场
外景。兰贝斯大桥——夜晚

他们在一座桥上幻影显形。

纽特

因为禁止我出境旅行,
邓布利多。如果我
离开国家,他们会把我
送进阿兹卡班,

神奇动物：
格林德沃之罪

再扔了钥匙。

邓布利多停住脚步。

邓布利多
知道我为什么欣赏你吗，
纽特？认识的人里
我更欣赏你。
（面对纽特的惊讶）
你不渴求权力、
受欢迎的名气，
你只是想做正确的事，
为此你会不计
一切代价。

他继续往前走。

纽特
那非常好，邓布利多，
但请原谅我提个问：
你不能去吗？

他们停住脚步。

邓布利多
我不能跟格林德沃对着干，

只能是你去。
> (停顿)

好吧，不怪你。
以你的情况，换我
八成也会拒绝。不早了，
祝你晚安，纽特。

邓布利多幻影移形。

纽 特

别这样！

邓布利多的空手套再次出现，把写有安全藏身处地址的名片塞进纽特的上衣口袋。

纽 特

> （恼火）

邓布利多。

神奇动物：
格林德沃之罪

原创电影剧本

第 31 场
外景。纽特家的街道——夜晚

定场镜头：一条街道，街边是普通的维多利亚时期的黄砖房屋。雨点开始落下。纽特快步走上门前的台阶，却在门口停住了脚步。他客厅的灯光忽明忽灭。

神奇动物：
格林德沃之罪

第 32 场
内景。纽特的家——夜晚

纽特谨慎地打开房门。屋内，一只小嗅嗅吊在一盏台灯的黄铜拉绳开关上，使灯光明灭不定。小嗅嗅把黄铜拉绳偷到手后，突然发现了纽特。它迅速逃走，把各种东西撞倒在地。

纽特看见第二只小嗅嗅坐在一台天平上，显然想偷那些金色的砝码，却被砝码压住，动弹不得。

就在第一只嗅嗅跑上餐桌时，纽特用一个平底锅轻轻罩住了它，平底锅继续在桌面移动。纽特把一个苹果扔进天平的另一个盘里，使小嗅嗅猛地被弹到空中。纽特在两只小嗅嗅掉落时把它们接住，塞进自己的口袋。

纽特满意地朝地下室的门走去，却在最后一刻转过身，看见第三只逃脱的小嗅嗅正在吧台上，往一个香槟酒瓶上爬。不可避免地，香槟酒瓶塞一下子蹿了出来，小嗅嗅骑在瓶塞上朝纽特飞来，它飞过纽特身边，沿地下室的楼梯飞了下去。

原创电影剧本

神奇动物：
格林德沃之罪

第 33 场
内景。纽特的地下室动物园——片刻之后——夜晚

一个庞大的神奇动物医院。

纽特

邦迪！邦迪！邦迪，
小嗅嗅又跑出来了！
（对嗅嗅们）

喂！哎呀。

纽特的助手邦迪匆匆出现。她是个相貌平平的姑娘，对动物很痴迷，不可救药地爱着纽特。她用刚包扎过的手指把几只嗅嗅抓了下来。

她用一根金项链引诱最后一只小嗅嗅——骑香槟瓶塞的那只，然后把三只嗅嗅都塞进一个装满闪光物的网子里。

原创电影剧本

纽特
干得好。

邦迪
实在对不起,
纽特,肯定是
清理卜鸟时
开锁溜了——

纽特
没关系。

纽特和邦迪一起走在那些围栏中间。

邦迪
差不多都喂了,
给平奇滴了鼻液,
还有——

纽特
——艾尔西呢?

邦迪
艾尔西的粪便
也快正常了。

神奇动物：
格林德沃之罪

纽特
太好了。你可以
下班了——
(看见她的手指)
我说过，马形水怪
交给我。

邦迪
伤口还需要
擦药膏——

纽特
可我不想你
丢了手指。

纽特大步走向一片黑色水域。邦迪小跑着跟在后面，因为他对自己的关心而心潮澎湃。

纽特
真的，快回去吧，邦迪。
你肯定累坏了。

邦迪
马形水怪，
两个人更好对付。

原创电影剧本

他们走近水域。纽特解开挂在池塘边的一根缰绳。

邦迪
(满怀期待)
也许该脱掉
衣服？

纽特
(心不在焉)
别担心，
我会马上弄干。

纽特微微一笑，反身跳进水里。马形水怪蹿了出来：一匹巨大的、半幽灵般的马想要溺死纽特，纽特抓住它的脖子，趁它剧烈扭动时爬上它的后背。

马形水怪带着纽特潜入水中。邦迪等待着，满心惶恐。

嗖——纽特冲出水面，马形水怪已被缰绳勒住。它驯服了，抖动着自己的鬃毛。邦迪看着衬衫湿透的纽特，被深深迷住。

纽特
有人要放放水气了。
药膏，邦迪。

神奇动物：
格林德沃之罪

她递过药膏。纽特仍骑在马形水怪背上，把药膏抹在它脖颈的伤处。

纽 特

你再敢咬邦迪，就是
找麻烦了，先生。

他跳下来，头顶突然传来撞击声。他和邦迪抬头看去。

邦 迪

（害怕）

什么声音？

纽 特

不知道。但我现在
要你回家，邦迪。

邦 迪

要我叫魔法部吗？

纽 特

别，我要你回家。
请回吧。

原创电影剧本

第 34 场
内景。纽特家的楼梯——一分钟后——夜晚

纽特上楼去他的生活区域,他已抽出魔杖,心怀好奇,准备应对最坏的局面。他把门推开。

第 35 场
内景。纽特家的客厅——夜晚

一处简朴的单身汉住所。纽特真正的生活在地下室。

雅各布·科瓦尔斯基和奎妮·戈德斯坦站在房间中央,旁边放着行李箱。奎妮紧张而兴奋,雅各布神情涣散,过度欣快,像是喝醉了。他刚才打碎了纽特的花瓶,此刻仍抓着花瓶碎片。

奎妮
把东西给我……
快把东西给我,
亲爱的。

（耳语）
你能不能就把它

神奇动物：
格林德沃之罪

给我……哦！

雅各布
(看着纽特)

纽特不介意。拿好。

纽特

这是——

雅各布
(吼叫)

纽特！快过来！
你这个疯子。

他张开双臂，搂住了愉快而尴尬的纽特。

奎妮

希望你别介意，纽特。
我们自己进来了——
外面在下雨，大得吓人！
伦敦真冷！

纽特
(对雅各布)

你不是该
全忘了吗？

原创电影剧本

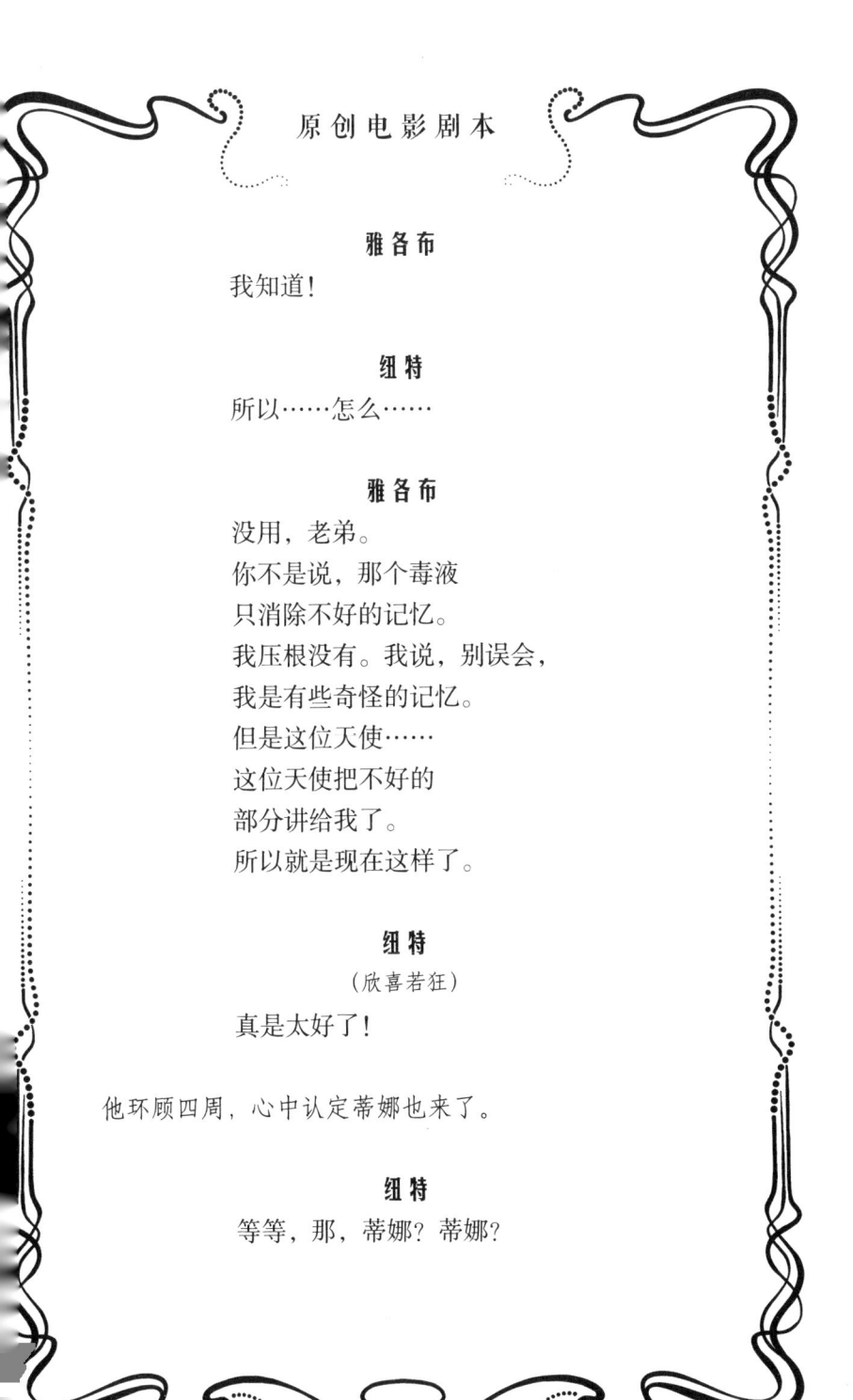

雅各布

我知道!

纽特

所以……怎么……

雅各布

没用,老弟。
你不是说,那个毒液
只消除不好的记忆。
我压根没有。我说,别误会,
我是有些奇怪的记忆。
但是这位天使……
这位天使把不好的
部分讲给我了。
所以就是现在这样了。

纽特

(欣喜若狂)

真是太好了!

他环顾四周,心中认定蒂娜也来了。

纽特

等等,那,蒂娜?蒂娜?

神奇动物：
格林德沃之罪

奎妮
就我们，亲爱的。
我和雅各布。

纽特
哦。

奎妮
（不安）
不如我给大家
做点晚餐？

雅各布
好！

原创电影剧本

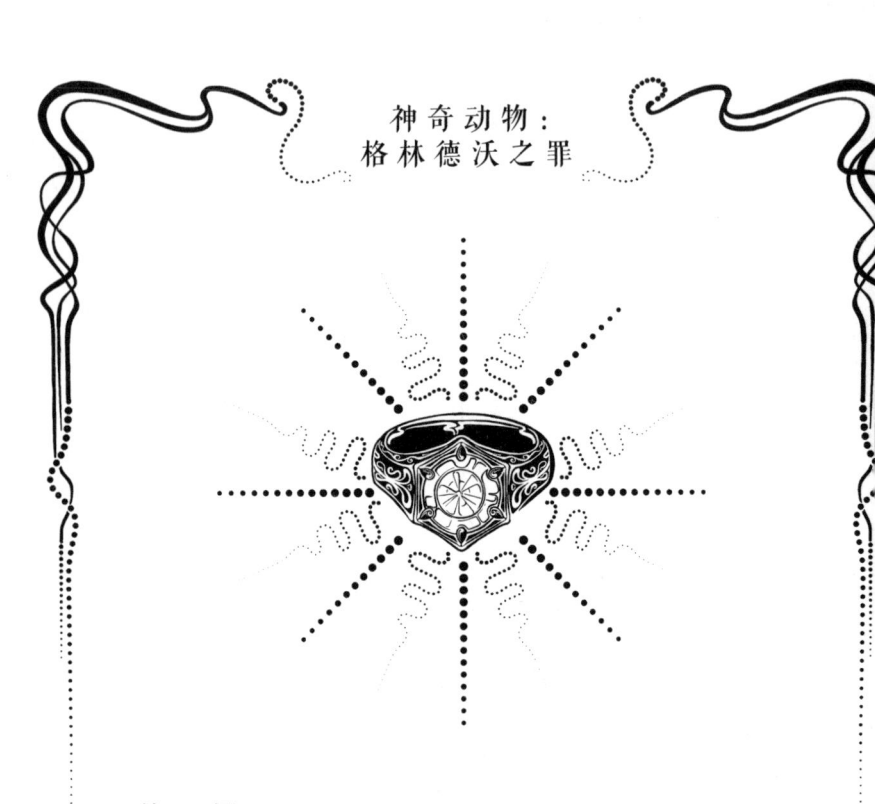

第 36 场
内景。纽特家的客厅——五分钟后——夜晚

三人坐在桌旁,桌上摆着纽特不成套的陶瓷餐具,蒂娜的缺席使气氛有些尴尬。奎妮的箱子敞开放在沙发上。

奎妮
蒂娜和我不说话了。

纽特
为什么?

雅各布的视角——微红,朦胧,类似醉酒后的欣快感。

原创电影剧本

奎妮
你知道,她发现
我和雅各布一直见面。
她不喜欢,因为法律
"不许"。
    (做出引号手势)
不许跟麻鸡约会,
不许跟他们结婚,
没完没了。
而且姐姐就总是心烦,
因为你。

纽特
我?

奎妮
对,就你,纽特。
《着魔》上写了。这儿——
给你带了份儿。

她用魔杖指着自己的箱子。一本名人杂志朝她飞来:《着魔:明星秘闻和魔法窍门!》封面上是经过美化的纽特和一只笑得失真的嗅嗅。驯兽师纽特即将完婚!

奎妮翻开杂志。忒修斯、莉塔、纽特和邦迪并排站在他的新书发布会上。

神奇动物：格林德沃之罪

奎妮

(递给他看)

"纽特·斯卡曼德，
未婚妻莉塔·莱斯特兰奇，
兄长忒修斯以及
未知女性。"

纽特

不对。忒修斯娶了莉塔，
不是我。

奎妮

天哪！蒂妮看了报道，
就开始跟别人
约会了。
也是傲罗，
叫阿基里斯·托利弗。

沉默。然后纽特开始注意雅各布的状态：吃得心不在焉，独自哼着小曲，还想把盐罐端起来喝。奎妮发现了，把雅各布的酒杯塞进他手里，试图掩饰。

奎妮

反正……我们真的很高兴
能来这儿，纽特。这次、
这次旅行对我们来说很特别。

原创电影剧本

你看,雅各布和我
要结婚了。

她把自己的订婚戒指给他看。雅各布想举杯庆贺,但把啤酒浇在了自己耳朵上。

雅各布
嫁给雅各布!

纽特已完全清楚是怎么回事,瞪着奎妮。

纽特(画外音)
(用心灵感应)
你对他施了咒,
是不是?

奎妮
(读他的思想)
什么?我没有。

纽特
能别再读我的
想法吗?
(用心灵感应)
奎妮,把他带来是
违背了他的意愿。

神奇动物：
格林德沃之罪

奎妮

你的指责也太过分了。
你看他，那么高兴，
真的高兴！

纽特

（抽出魔杖）

那你不介意我——

奎妮一跃而起，想护住雅各布。

奎妮

请别！

纽特

奎妮，他要愿意结婚
你就不必害怕。
只要解除魔咒，
他会亲口告诉我们。

痛苦地对峙片刻之后，她终于让到一边。

雅各布

你拿的什么？你想干什么？
你拿那东西想干什么，
斯卡曼德先生？

原创电影剧本

          纽特
  咒术消除。

雅各布的反应如同被浇了一桶冷水。他恢复了常态,打量着周围的环境。他看着纽特。

          纽特
  祝贺你订婚,
  雅各布。

          雅各布
  等会儿,什么?

纽特看着奎妮。

          雅各布
  不会吧。

他意识到自己的意志曾被操纵。他缓缓地站起身,面对奎妮。

奎妮读出他的思想。随着一声啜泣,她合上箱子(几件小东西掉了出来,包括一管口红和一张残破不全的明信片),扭头跑出房间。

神奇动物：
格林德沃之罪

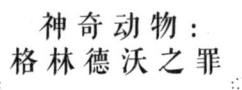

雅各布

奎妮！

(转向纽特)

看到你高兴极了。
我现在
究竟在哪儿？

纽特

呃，嗯，伦敦。

雅各布

(泄气)

哦！我一直很想
来这里！

(气愤)

奎妮！

他跑去追奎妮。

原创电影剧本

第 37 场
外景。纽特家的街道——一分钟后——夜晚

奎妮冲出纽特家,哭泣着在街上跑远。雅各布板着脸,在后面追她。

雅各布
奎妮,亲爱的。
我好奇问问,
你想什么时候
把我叫醒?
生完五个孩子?

奎妮转身面对雅各布。

奎妮
想跟你结婚犯了
什么错?

雅各布
好吧——

奎妮
想要个小家错了吗?
我只想要其他人也有的,
这就够了。

神奇动物：
格林德沃之罪

雅各布
等一下。我们
商量过多少次了，
我们结了婚被发现，
他们会把你扔进大牢的，
宝贝儿。那我可受不了。
他们不喜欢
像我这样的人
娶你这样的人。
我不是巫师，我只是我。

奎妮
这个地方已经在改进了，
他们会让我们
正式结婚的。

奎妮指向街道。

雅各布
宝贝儿，你用不着
对我施魔法。
我早就着了魔！
我是那么爱你。

奎妮
是吗？

雅各布

是啊。可我不能让你
冒险放弃一切，懂吗？
你这不是在给我们选择，
宝贝儿。

奎妮

是你不给我选择。
我们必须有人勇敢，
可你是懦夫。

雅各布

我是懦夫？如果我是懦夫，
你就是——

奎妮读他的思想。

奎妮

——疯子！

她反应激烈。雅各布知道她"听见"了他的想法。

雅各布

我没说……

奎妮
你用不着说。

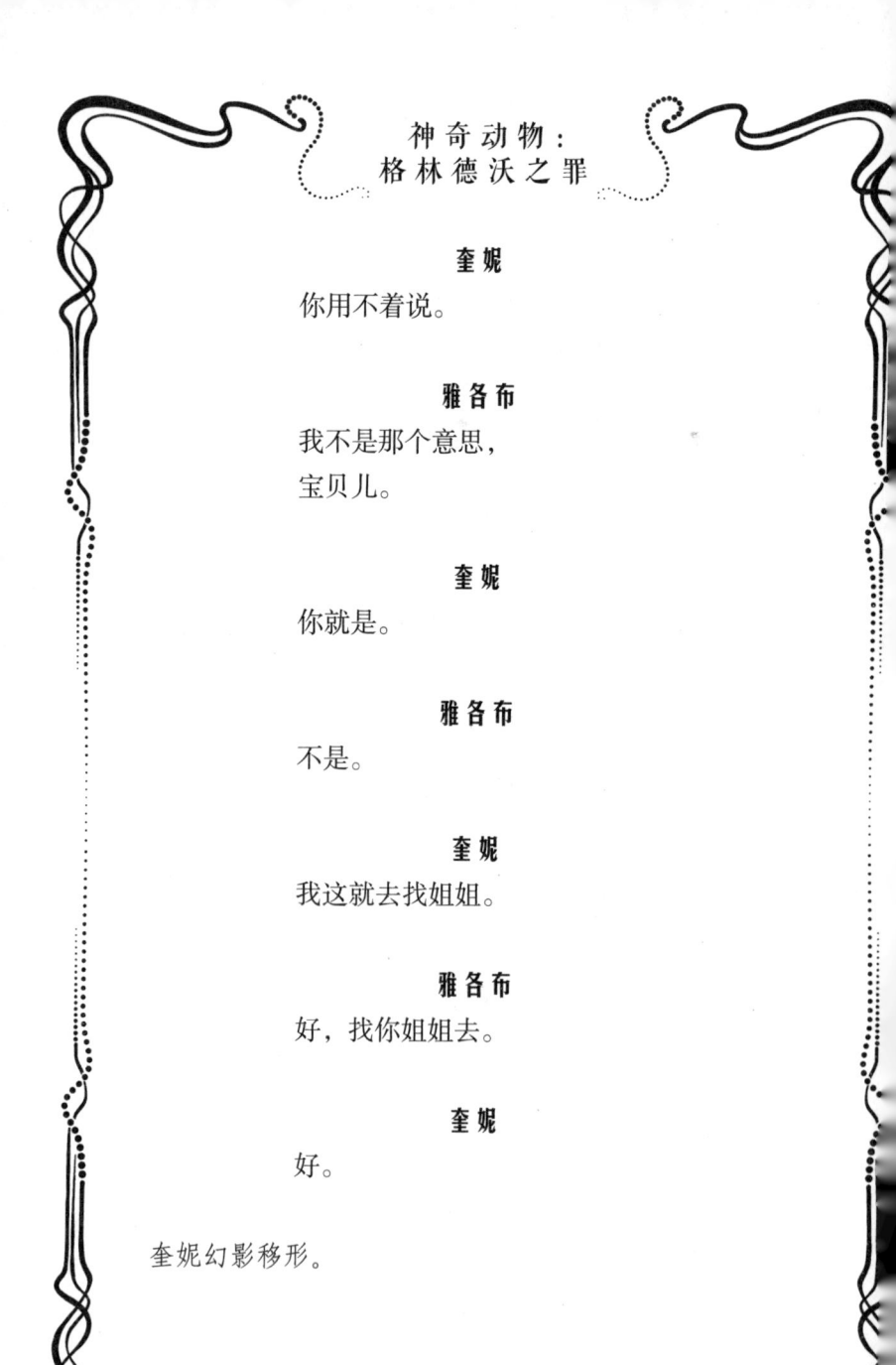

雅各布
我不是那个意思,
宝贝儿。

奎妮
你就是。

雅各布
不是。

奎妮
我这就去找姐姐。

雅各布
好,找你姐姐去。

奎妮
好。

奎妮幻影移形。

原创电影剧本

雅各布

不，等等！别，奎妮。

我不是那意思。

我什么也没说。

然而他独自留在了街上。

第 38 场
内景。纽特家——随后不久——夜晚

纽特难过的目光落在那张明信片上。他走过去捡起明信片，然后用魔杖指着它。

纽特

修复如初。

明信片重新变得完整。是一张巴黎的照片。

明信片的文字出现在银幕上。

神奇动物：
格林德沃之罪

蒂娜（画外音）
我亲爱的奎妮，
这是一座美丽的城市。
我一直想念你。
蒂娜。

原创电影剧本

神奇动物：
格林德沃之罪

第 39 场
内景。纽特的地下室动物园——夜晚

镜头推向雅各布，他走进来，推开门，凝视着四周。他在街上找了一小时，浑身湿透。纽特不见踪影。

雅各布

纽特？

纽特（画外音）

下面，雅各布。
我马上就来。

雅各布朝围栏里望去。在马形水怪栖身的那片黑色水域旁边，纽特为邦迪竖了块牌子：邦迪，别碰，等我回来

原创电影剧本

再说。他继续往前走。

一只卜鸟看到雅各布走过,冲他发出凄惨的叫声。

雅各布
我自己还有事儿。

纽特(画外音)
别,别。请回来。
好了,等着。等着。

卜鸟的笼子上有个牌子:邦迪——**别忘了给帕特里克喂丸子**。雅各布听见动静,改变方向,从一头正在打盹的狮身鹰首兽身边走过,狮身鹰首兽的喙上裹着绷带:**邦迪,每天换药**。

纽特的箱子在嗅嗅围栏的旁边。箱盖里面有一张蒂娜的大幅活动照片,是他从报纸上撕下来的。

纽特穿着大衣从拐角走过来。

纽特
奎妮落了一张明信片。
蒂娜在巴黎,
找克莱登斯。

神奇动物：
格林德沃之罪

雅各布

天才。奎妮肯定
直接去找蒂娜。

(兴高采烈)

好了，这就去巴黎，老弟！
稍等，我去拿外套。

纽特

拿来了。

纽特已经用魔杖指着天花板。雅各布的大衣、帽子和箱子掉落在他面前的地板上。魔法的热气喷向雅各布，烘干了他被雨淋湿的衣服。

雅各布

(叹服)

太棒了。

两人离开。镜头对准刚出现的一条留言：邦迪，我去巴黎了。带了嗅嗅。纽特。

原创电影剧本

神奇动物：
格林德沃之罪

第 40 场
外景。巴黎，隐藏地——夜晚

一个清朗的、群星璀璨的夜晚。复职后的傲罗蒂娜·戈德斯坦在执行自己的使命，比在纽约时更优雅和自信，但透着一种隐秘的忧伤，她走向一座青铜雕像：高高的石头基座顶上是一位穿长袍的女人，基座处有一些穿着麻瓜衣服的男女巫师，他们在那里消失。

原创电影剧本

第41场
外景。隐藏地，神秘马戏团——夜晚

音乐声、欢笑声和谈话声在蒂娜周围轰鸣。马戏表演正值高潮。一条横幅上写着:神秘马戏团——怪物和奇人!几顶帐篷，中间是大马戏篷。

蒂娜从一些露天表演的街头艺人身边经过，仔细地审视他们。一头半人巨怪在展示他的力大无穷。几个奇形怪状、备受压迫的类人动物——麻瓜兽，本身没有魔力，但有魔法血统——拖着脚走来走去，向人们要钱。混血精灵和半身妖精把犄角藏在帽子里，怪异的眼睛藏在兜帽下，在玩杂耍、翻跟头。

一头气派非凡的中国骀吾，被囚在笼子里，骀吾是一种巨大的类似猫的动物，有一条长长的羽毛状尾巴。烟花在其头顶上绽放。

神奇动物：
格林德沃之罪

第 42 场
内景。神秘马戏团，怪物帐篷——傍晚

纳吉尼跪在一个大箱子旁，轻抚她的马戏服。她很快就必须上台表演。克莱登斯匆匆朝她走来。

克莱登斯
(低语)

纳吉尼！

她转过身。

纳吉尼

克莱登斯。

他把字条递给她。她扫了一眼，皱起眉头。

克莱登斯
(低语)
我知道她在哪里了。

纳吉尼抬起头，与他对视。

克莱登斯
我们今晚逃走。

原 创 电 影 剧 本

斯坎德走进纳吉尼的帐篷。

斯坎德

说了让你离她
远点儿,小子——
我说让你休息了吗?
弄干净卡巴。

斯坎德拉上克莱登斯和纳吉尼之间的帘子。

斯坎德
(对纳吉尼)
你做好准备!

克莱登斯转过身,抬头看着装满火龙的笼子。

神奇动物：
格林德沃之罪

原创电影剧本

第 43 场
内景。神秘马戏团，大马戏篷——夜晚

斯坎德站在人群中央的圆形表演台／笼子旁边，许多观众都喝醉了。

斯坎德
接下来，在我们的怪物和奇人
的小节目里，我要向你们介绍——
一个血咒兽人！

他猛地拉开帘子。纳吉尼穿着蛇皮服站在那里。人群里的男人们吹口哨、大声起哄。

神奇动物：
格林德沃之罪

斯坎德
曾经被困在
印度尼西亚的丛林里，
她身上带有血咒。
这样的下等生物，
他们这一生最终将会
永远变为动物。

蒂娜在人群后面艰难行走，寻找克莱登斯。

帐篷里的另一处，尤瑟夫·卡玛，一个衣冠楚楚的非洲裔法国人，并未看着斯坎德，而在扫视人群。他软呢帽的丝带上有一根黑色羽毛。

斯坎德
但是看看她。如此美丽，
是吧？如此性感迷人……
但很快，她将永远被困进
一个截然不同的躯体里。
每晚到她入睡时，
女士们先生们……
她就只能变成——

什么也没发生。人群大声讥笑斯坎德。纳吉尼用仇恨的目光看着斯坎德。

原创电影剧本

斯坎德
她就只能变成……

克莱登斯和纳吉尼在大马戏篷两端对视。

镜头转向蒂娜,她发现了克莱登斯。她开始悄悄朝他移动,尽量不引起注意。

镜头转向卡玛,他也在这么做。

斯坎德
她就只能变成……

斯坎德鞭打铁栏。纳吉尼闭上眼睛。慢慢地,她变成了盘绕的蛇。

斯坎德
假以时日,她就无法
再变回人形。
她将永远困在这副
蛇的躯体里。

纳吉尼突然探出铁栏朝斯坎德出击,用蛇佬腔发出一声喊叫。斯坎德流血了,瘫倒在地。帐篷那头,克莱登斯猛地打开火龙的笼子,火龙像烟花一样纷纷飞向自由。大马戏篷着火了——人群惊慌失措,大声尖叫,互相踩踏着奔向出口——

神奇动物：
格林德沃之罪

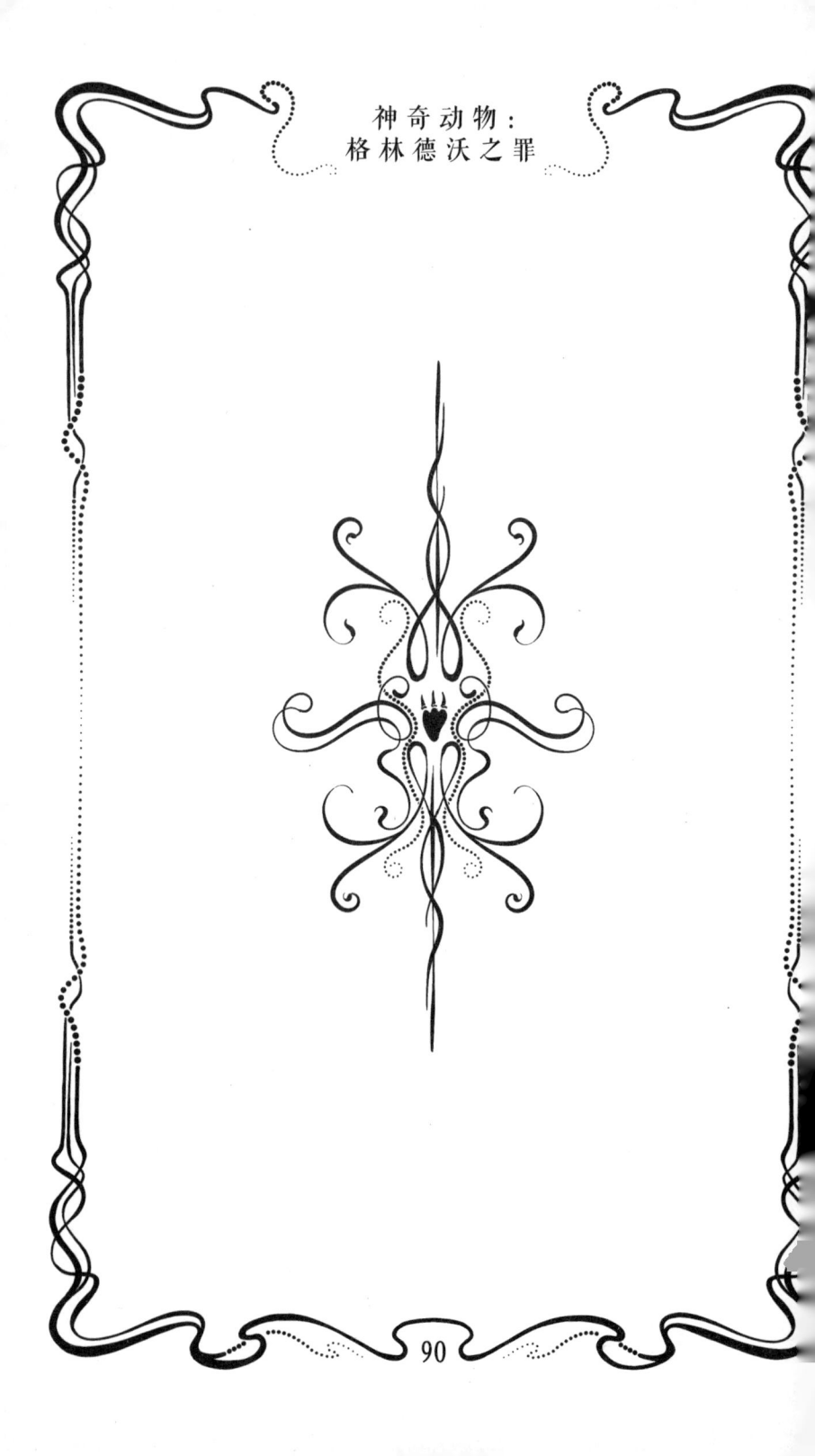

原创电影剧本

第 44 场
外景。神秘马戏团,大马戏篷——夜晚

大马戏篷在燃烧。火龙在天空中舞出图案,身后洒下一片片火星。大火让动物们感到害怕而暴躁。一头鹰头马身有翼兽竖起身子,狂跳不止,驯兽师们拼命想控制它。到处可见演员们在匆忙收拾行李,小精灵们把自己关进箱子,箱子不断折叠,越来越小。

蒂娜幻影显形,她一挥魔杖,将大火熄灭。

骆吾的箱子着火了,剧烈地晃动着。关在里面的动物大声吼叫、咆哮。骆吾突然破箱而出:它是一头巨猫,体型如同一头大象,身上有五种颜色,尾巴像巨蟒一样长。它遭受过残酷的虐待:脸上伤痕累累,营养不良,走路一瘸一拐,此刻因恐惧而发狂。

神奇动物：
格林德沃之罪

蒂娜发现了远处的克莱登斯。

蒂娜
克莱登斯！

骆吾瘸着腿，以最快的速度跑到暗处。斯坎德知道现在不可能抓住它了。他跑去鼓动那些员工。

斯坎德
收拾行李！巴黎已经
不能再待了。

斯坎德用魔杖指着帐篷，把它变成一块手帕大小，放进口袋。

蒂娜
(走向斯坎德)

跟血咒兽人
一起的男孩，
你了解多少？

斯坎德
(轻蔑)

他在找妈妈。我这些怪物
都以为还能回家。
好了，我们走。

原创电影剧本

他纵身跳上一辆马车，那些板条箱和大箱子都在魔法作用下缩成几个小箱子，马车嗒嗒地驶入夜色中。

蒂娜独自留在原地，一时间，此处似乎是个空荡无人的广场。接着她意识到卡玛站在她身后。

镜头切换：

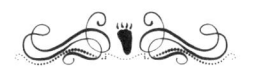

第 45 场
外景。巴黎的咖啡馆——夜晚

蒂娜和卡玛同坐在一张露天桌旁。蒂娜对卡玛存有疑心。

蒂娜
我想，你和我来这个
马戏团有同样的原因，
先生……？

卡玛
我叫卡玛，尤瑟夫·卡玛。
你想的没错。

神奇动物：
格林德沃之罪

蒂娜

你为什么找克莱登斯？

卡玛

跟你一样。

蒂娜

那是？

卡玛

证明这孩子的真实身份。
如果对他身份的传言没错，
他和我——算是——远亲。
我的纯血统家族里，
我是最后的男性血脉。
若传言属实，
他也是。

卡玛从口袋里掏出《泰科·多多纳斯的预测》，逗引地举在蒂娜面前。

卡玛

你看过《泰科·多多纳斯
的预测》吗？

原创电影剧本

蒂娜

看过。但那是诗歌,
不是证据。

卡玛

如果我给你看
一些更好的、
更能证明他身份的
确凿证据,
欧洲及美国魔法部
能放他条生路吗?

停顿。

蒂娜

可能会。

卡玛

(点头)

那跟我来。

他站起身,蒂娜跟了过去。

神奇动物：
格林德沃之罪

第 46 场
内景。格林德沃的藏匿处，会客厅——夜晚

格林德沃从一个发亮的骷髅形水烟壶里吐出烟雾。他的巫粹党们注视着烟雾变成默默然的幻象，黑色，闪着红光，不断旋动，然后幻化为克莱登斯的形象。

在场的人都显得很兴奋，只有克拉尔脸色阴沉。

格林德沃
这就是……
克莱登斯·巴瑞波恩。
养他的女人差点害死他，
他想寻找生他的母亲。
他太想有个家，
太渴望爱了。
他是我们胜利
的关键。

克拉尔
我们知道这男孩
在哪儿吧？怎么不
直接抓了就走？

原创电影剧本

格林德沃
(对克拉尔)
必须得他自愿来找我——
他会的。

格林德沃又把目光转向悬在会客厅中央的克莱登斯的幻象。

格林德沃
路都铺好了,
他顺着走呢。
线索会把他引向我,
还有他陌生又光彩的
真实身份。

克拉尔
怎么他这么重要?

格林德沃走过去面对克拉尔。

格林德沃
对我们事业构成最大威胁的
是谁呢?

克拉尔
阿不思·邓布利多。

神奇动物:
格林德沃之罪

格林德沃

要是我让你现在去
他躲的学校里把他揪出来,
替我杀了他,愿意吗,
克拉尔?

(微笑)

克莱登斯是唯一一个活着的、
能杀了他的人。

克拉尔

你觉得他真能
杀了伟大的——
杀了阿不思·邓布利多?

格林德沃

(低语)

我知道他行。不过那时
你还跟我们在一起吗,
克拉尔? 还在吗?

原创电影剧本

神奇动物：
格林德沃之罪

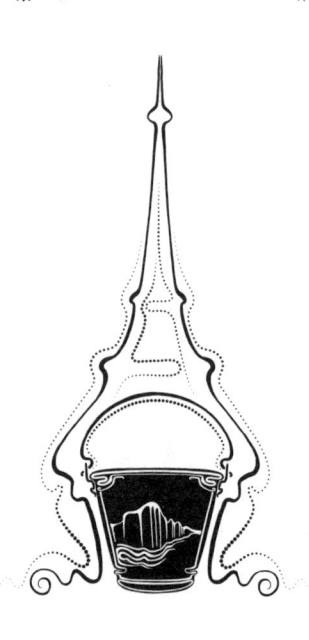

第 47 场
外景。多佛的白色悬崖——黎明

纽特和雅各布拎着箱子朝比奇角走去。皮克特从纽特胸前的口袋里探出脑袋，打了个哈欠。

纽特
雅各布，那个和蒂娜
约会的男人——

雅各布
别担心，

原创电影剧本

蒂娜会来看你的。
我们四个在一起,
就跟纽约那会儿一样,
别担心。

纽 特
可那人是个傲罗,
奎妮说的。

雅各布
是傲罗又怎么了?
你不用担心他。

停顿。两人往前走。

纽 特
你觉得我要见到蒂娜,
该跟她说什么?

雅各布
这个,这种事
最好别先计划。
真到那时候,
就得随机应变。

停顿。两人往前走。

神奇动物：
格林德沃之罪

纽特
（思念地）
蒂娜的眼睛就像
火蜥蜴一样。

雅各布
这句别说。

停顿。雅各布断定纽特需要帮助。

雅各布
你看，只要告诉她，
你多想她，对吧？
再说，对，你千辛万苦
跑到巴黎就为找她，
她会喜欢的。
再接着说，你想她想得
整晚睡不着。
反正火蜥蜴的事
一个字也别提行吗？

纽特
好的。

雅各布
好了，会好起来的。

原创电影剧本

> 这回我俩一起,老弟。
> 我会帮你,
> 帮你找到蒂娜,
> 找到奎妮,
> 我们又会开心起来,
> 就像以前。

他发现悬崖边有个隐约透着凶险的身影:全身裹着破烂的黑袍子。

雅各布
那家伙是谁?

纽特
不需要证明出国,
我只能从他这儿走。
你不怕快速移动吧,
晕车晕船
什么的?

雅各布
我多少有点晕船,
纽特。

停顿。

神奇动物：
格林德沃之罪

纽特

不会有事的。

门钥匙贩子

伸腿赶快走——
一分钟后出发！

雅各布迷惑不解，环顾四周，寻找交通工具，没有留意地上那个生锈的桶。

门钥匙贩子

五十加隆。

纽特

不对，说好了三十。

门钥匙贩子

去法国是三十，
另外二十是让我绝口不提
看见纽特·斯卡曼德
非法出了境。

纽特气呼呼地付钱。

门钥匙贩子

出名的代价，老弟。

原创电影剧本

(看了看表)
十秒。

纽特拎起桶,朝雅各布伸出一只手。

纽特
(对雅各布)
雅各布。

雅各布
啊!

两人被拽走,消失得无影无踪。

镜头切换:

第48场
外景。隐藏地——白天

纽特和雅各布从拐角处探头张望。一位法国警察站在长袍女人雕像的前面。雅各布脸色苍白,大汗淋漓,仍然抓着刚才派上用场的桶。

神奇动物：
格林德沃之罪

雅各布

我不喜欢门钥匙，纽特。

纽特

（心不在焉）

你一直说个没完。
跟上我。

纽特用魔杖指着警察。

纽特

混淆混淆。

警察像喝醉酒一样打着趔趄，眨了眨眼，晃晃脑袋，然后咯咯笑着，慢慢走开了，一边朝惊慌不安的路人们脱帽致意。

纽特

快来，
只有几分钟效力。

纽特领着雅各布穿过雕像，进入巴黎的魔法世界。他放下箱子，用魔杖指着街道。

纽特

踪迹显形。

原创电影剧本

跟踪咒显现为一股金色烟雾,照出了广场上最近发生的魔法活动的痕迹。

纽特

嗅嗅飞来。

箱子猛然打开,一只嗅嗅跳了出来。

纽特

找吧,快找啊。

纽特爬到箱子上,查看空中显现的动物形象,同时,已经训练有素的成年嗅嗅嗅出线索。

纽特

那是一只卡巴,
一种日本的水怪——

嗅嗅围着几个闪光的脚印嗅来嗅去。嗅嗅找到了之前蒂娜面对驺吾的地方。

纽特看见蒂娜的幻象。

纽特

蒂娜?蒂娜!
(对嗅嗅)

神奇动物：
格林德沃之罪

找到了什么？

他俯身去舔人行道。

雅各布
（扫视四周）
现在我们舔起
地上的土了。

纽特把魔杖贴在耳边，倾听着一声骇人的吼叫。他用魔杖指着街道。

纽特
原身立现。

雅各布看到了纽特查看的景象：到处都印着巨爪的痕迹。

雅各布
（极度担忧）
纽特……这是什么？

纽特
那是驺吾。
一种中国动物，
速度极其快，
力量相当大。

原创电影剧本

骑上它可日行千里……
而这只，只要迈一步，
就能把你从巴黎
这边送到那边。

嗅嗅在更多的闪光脚印周围嗅来嗅去——又发现了蒂娜曾站立过的地方。

纽特
好孩子。
(极度担忧)
雅各布，蒂娜来过。
她站在这里过。
她的脚出奇地窄，
你发现了吗？

雅各布
这可没注意。

纽特看见卡玛的幻象。

纽特
但后面有人
跟着她。

纽特指了指卡玛帽子上的一根羽毛，嗅了嗅，露出忧虑

神奇动物：
格林德沃之罪

的神情。

纽特
踪迹寻源。

羽毛像指南针一样旋转，指出方向。

纽特
跟着这片羽毛。

雅各布
什么？

纽特
雅各布，跟着羽毛。

雅各布
跟着羽毛。

纽特
（指嗅嗅）
又跑哪儿了？嗅嗅飞来。

嗅嗅被咒语送回箱子里。纽特拎起箱子，迅速离去。

雅各布指指手里的桶。

原创电影剧本

纽特

把桶放下!

雅各布扔掉桶,追着纽特离去。

神奇动物：
格林德沃之罪

原创电影剧本

第49场
外景。巴黎——白天

定场镜头。

神奇动物：
格林德沃之罪

第 50 场
外景。弗斯滕伯格广场——早晨

奎妮朝广场中央的那些树走去。她咳嗽一声。树根拔地而出，在她周围形成一个鸟笼电梯，通向地下。

第 51 场
内景。法国魔法部，底层——早晨

奎妮随电梯下降，进入美丽的、新艺术风格的法国魔法部，拱形的天花板上绘着星座图案。奎妮走向前台。

接待员

（法语）

欢迎您来到魔法部。

奎妮

很抱歉，你说的我一点儿
也听不懂——

接待员

欢迎您来到

法国的魔法部,
请问您办理什么事务?

奎妮

(大声而缓慢)

我想要找蒂娜·戈德斯坦,
她是傲罗,
美国来的,
到这里来办案——

接待员在几页纸里翻找。

接待员

这里没有
蒂娜·戈德斯坦。

奎妮

不,对不起……
肯定哪儿搞错了。
你看我知道她在巴黎,
还寄了明信片。
我带了,我拿给你看。
这里,也许你可以帮我
在这儿找到她?

奎妮伸手拿箱子,箱子掉在地上弹开。

神奇动物：
格林德沃之罪

奎妮

就放这儿的。真是的！
请稍等一下，
我知道就在这里，
我肯定带来了。
在哪儿？

接待员做了个法国式的耸肩动作，这时一位优雅的老妇人在奎妮身后进入镜头。她手里拎着一个别致的包——镜头跟随她进入电梯——罗齐尔站在里面等着。电梯门关上时，老妇人变形为阿伯内西，他掏出一个精致的盒子……

第 52 场
外景。巴黎小街——白天

奎妮忧伤地站在街上，手里拿着雨伞。接着——她突然反应过来——刚才是否看见纽特和雅各布从一条小巷匆匆拐入另一条小巷？

雅各布

能停下

原创电影剧本

喝杯咖啡——

纽特
还不行,雅各布。

雅各布
不行吗?

纽特
这边走。快点。

雅各布
巧克力馅面包?
半个羊角包?巧克力水果糖?

纽特
这边。

奎妮拔腿离开,在街上匆匆小跑,追赶纽特和雅各布。

镜头跟随她,越来越近,她在无数令人眼花缭乱的小巷间择路而行。她全神贯注于跟踪纽特和雅各布——此时已能"听见"雅各布的思想。

神奇动物：
格林德沃之罪

奎妮

（喜悦，大声喊叫）

雅各布！雅各布？

然而他已离去。奎妮孤独而精疲力竭，颓然坐在雨中的马路牙子上，周围一些人的思想的噪音震耳欲聋。

一只手落在奎妮肩头。她喜悦地转过头。她的表情变为迷惑。

罗齐尔

女士？你还好吗，
女士？

第 53 场
外景。鸟市——当天晚些时候

克莱登斯和纳吉尼走入镜头，一边东张西望。克莱登斯经过一个摊位时偷了些鸟食。

格里姆森不为人察觉地注视着他们。

原创电影剧本

第 54 场
外景。菲利普·罗兰街——随后不久——白天

克莱登斯和纳吉尼在拐角处望着远处的十八号。阁楼里亮着灯。一个影子在灯光前移动。

克莱登斯
（害怕）
她在家。

终于来到这里，他却钉在原地一动不动。他不敢继续。纳吉尼把他的手从他背后抓过来。

她领着他穿过马路。

神奇动物：
格林德沃之罪

第 55 场
外景。菲利普·罗兰街十八号后门——几分钟后——白天

一扇门开向院子里。他们闪身进门，走进一条仆人通道。纳吉尼鼻孔张大。她的眼睛四下扫视。似乎有点不对劲。他们继续朝楼梯走去。

第 56 场
内景。菲利普·罗兰街十八号，保姆室外的楼梯平台——白天

克莱登斯和纳吉尼走到楼梯平台。一扇门半开着。灯光投下一道影子：似乎是个女人在做针线活。那人影突然停住了手。纳吉尼焦躁不安，环顾四周。

伊尔玛（画外音）
是谁啊？

克莱登斯无法动弹，也无法开口说话。纳吉尼意识到了这点。

原创电影剧本

纳吉尼

是您的儿子,女士。

她抓住克莱登斯的手,把他轻轻拉进房间。天花板的挂架上挂着缝补浆洗过的衣物。他们可以看见一个女人的身影。纳吉尼的感觉超级灵敏。她能嗅到危险。那个人影站了起来。

伊尔玛

是谁啊?

克莱登斯

(惊恐,低语)

你是伊尔玛吗?是……
伊尔玛·杜加尔德吗?

没有回答。他们穿过悬挂的衣物,朝她走去。

克莱登斯

很抱歉,我的领养文件上
是你的名字。
你能想起什么吗?
你在纽约把我给了巴瑞波恩夫人。

停顿。

神奇动物：
格林德沃之罪

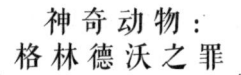

一只纤小的手撩开最后一件衣物。伊尔玛出现了：半是人类，半是小精灵。克莱登斯脸上显现出困惑和极度的失望。

伊尔玛
（对克莱登斯）
我不是你母亲。
我只是个仆人。
（微笑）
那时是个漂亮的婴儿，
现在是帅气的小伙子。
我一直很想你。

镜头转向格里姆森，他从门口注视着他们。

克莱登斯
他们为什么不要我了？
领养文件上为什么
写着你的名字？

伊尔玛
我把你交给巴瑞波恩夫人，
因为她是应该能
照顾你的。

纳吉尼的恐惧在增加。

原创电影剧本

镜头转向一块块布料后面的黑墙。

完美伪装的格里姆森突然从墙边冒出,用魔杖瞄准那几个人的身影,射出一个杀戮咒,撕裂了床单和衣物,在上面留下焦黑冒烟的窟窿。传来一具身体落地的声音。纳吉尼失声尖叫。克莱登斯的人影消失了。

格里姆森觉得胜券在握,露出狞笑,劈开那些冒烟的布料,然后站住脚,眼前是——

伊尔玛躺在地上,已经死去。纳吉尼在他面前退缩。格里姆森脸上的狞笑慢慢消失。他抬头望着天花板。默默然在那里盘旋,如同一团浓浓的黑烟。

眨眼间,格里姆森在自己和伊尔玛尸体周围使出一个半球形的铁甲咒。

默默然俯冲下来,像无数颗子弹一般密集攻击铁甲咒,然后上升,重新聚拢,再次俯冲,可是,魔法屏障虽然在颤动,但并未被攻破。

这时,默默然愤怒地膨胀,如一股龙卷风把阁楼劈散。

格里姆森抬头朝默默然微笑:后会有期。他幻影移形。

默默然与被摧毁的阁楼的碎片混合交融,然后猛然向内

> 神奇动物：
> 格林德沃之罪

收缩，克莱登斯复原了。他站在那里，低头看着那具小小的尸体。

第 57 场
外景。小巷——下午

刚刚杀害伊尔玛的格里姆森，站在跨过塞纳河的一座桥下面的人行道上。格林德沃出现。

    格里姆森
 人死了。

格林德沃朝他走来，随即停住脚步，两人对面而立。

    格林德沃
 那男孩受得了吗？

    格里姆森
    （耸肩）
 他很敏感。
 告诉魔法部我失误了，
 他们不会高兴的。

原创电影剧本

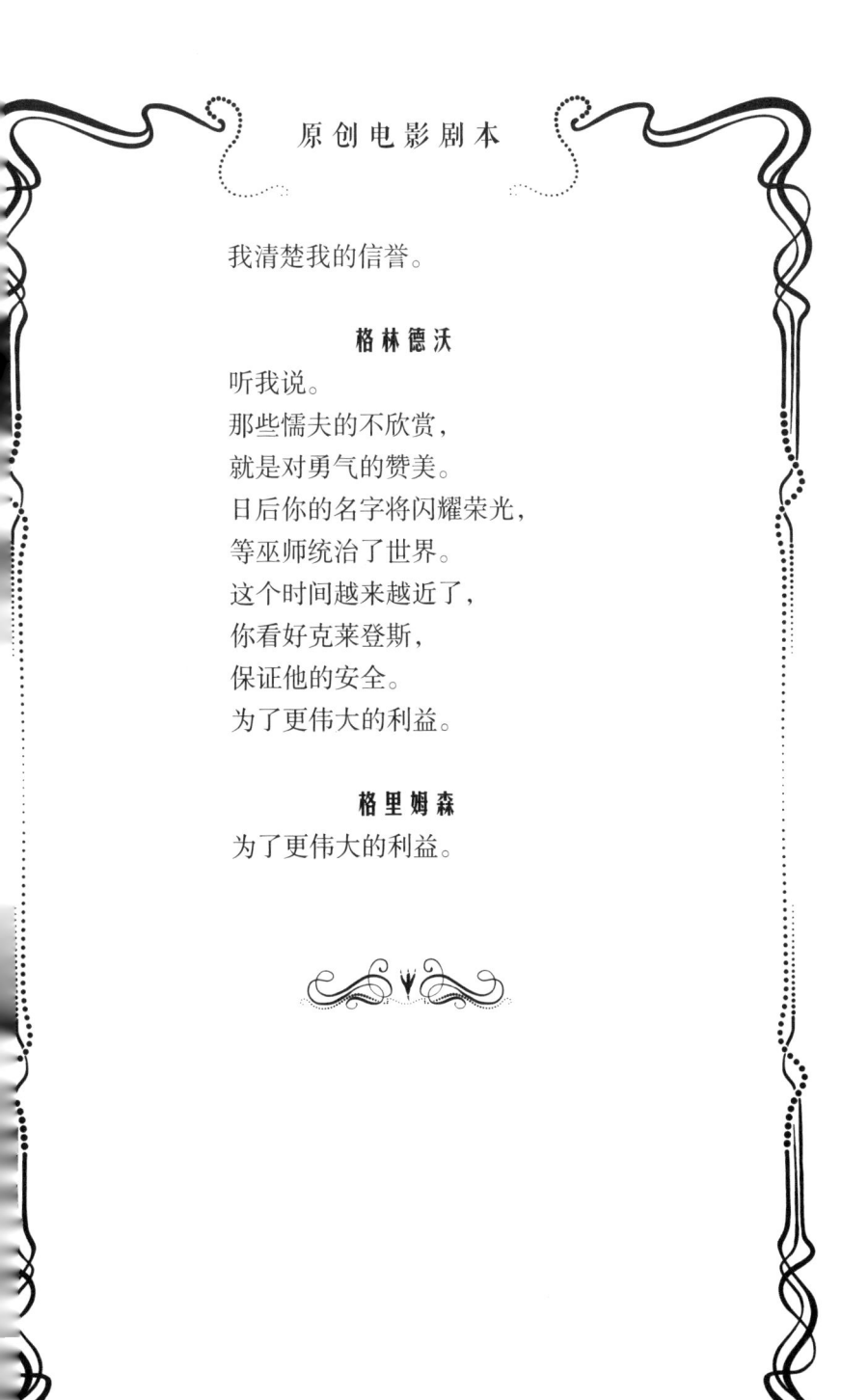

我清楚我的信誉。

格林德沃
听我说。
那些懦夫的不欣赏,
就是对勇气的赞美。
日后你的名字将闪耀荣光,
等巫师统治了世界。
这个时间越来越近了,
你看好克莱登斯,
保证他的安全。
为了更伟大的利益。

格里姆森
为了更伟大的利益。

神奇动物：
格林德沃之罪

第58场
外景。巴黎的咖啡馆——傍晚

一对情侣坐着喝咖啡。纽特审视每一个离开咖啡馆的男人，查看压在玻璃杯下的那根羽毛的反应。雅各布盯着那对情侣。

雅各布
知道我最想念奎妮什么吗？
什么都想。连她惹我
发脾气的事也想，
比如老读我的想法……
（他注意到纽特心不在焉）
……我真走运，
有她那样一个人
对我所有的想法感兴趣。
能懂我意思吗？

停顿。

纽特
什么？

雅各布
我是说，
你确定我们要找的人

在这儿？

纽特
肯定没错。羽毛是这么说的。

第 59 场
内景。巴黎的咖啡馆，厕所——傍晚

一间逼仄、肮脏的厕所。卡玛盯着镜子，他那顶失去羽毛的软呢帽挂在水龙头上。突然，他的脸开始抽搐。他举起缠着绷带的手揉了揉一只眼睛，摇了摇头。他挪开手，盯着镜子里的自己。镜头推近。可见他的眼角有一根细小的触须。他痛苦地呜咽一声，从西装口袋里摸出一小瓶绿莹莹的液体，用一根滴管滴入眼睛。

随着又一声痛苦的呜咽，触须缩了回去。他看着镜子里的自己。似乎已恢复正常。他把帽子重新戴好，离开了。

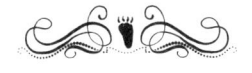

神奇动物：
格林德沃之罪

第 60 场
内景。巴黎的咖啡馆——傍晚

卡玛离开咖啡馆。羽毛指向了他。纽特放开羽毛，羽毛飞向卡玛的帽子。

雅各布
那是我们要找
的人？

纽特
是的。

纽特和雅各布跳起来堵住他。

纽特
(对卡玛)
抱歉——你好。
你好先生。

卡玛没有理会纽特，想继续往前走。

纽特
等等，抱歉，
其实我们就是想问问……
你是否遇到过
我们的一位朋友？

原创电影剧本

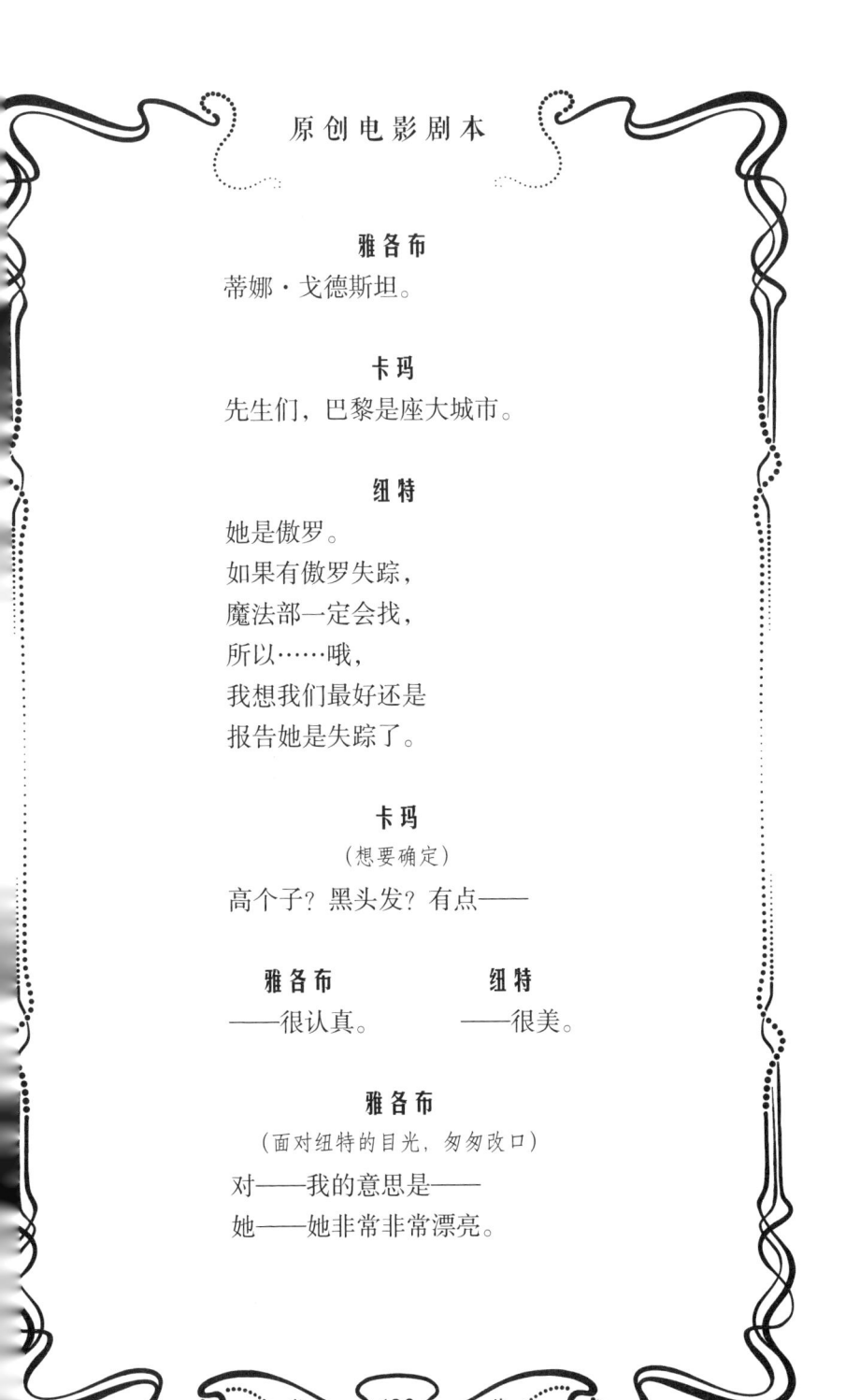

雅各布
蒂娜·戈德斯坦。

卡玛
先生们,巴黎是座大城市。

纽特
她是傲罗。
如果有傲罗失踪,
魔法部一定会找,
所以……哦,
我想我们最好还是
报告她是失踪了。

卡玛
(想要确定)
高个子?黑头发?有点——

雅各布　　　　纽特
——很认真。　　——很美。

雅各布
(面对纽特的目光,匆匆改口)
对——我的意思是——
她——她非常非常漂亮。

神奇动物：
格林德沃之罪

纽特

她也非常认真。

卡玛

我想我见过这样的人，
就昨晚。
也许我可以带你们去？

纽特

如果您不介意，那实在，
实在太好了。

卡玛

那好。

第61场
内景。卡玛的藏身处——傍晚

卡玛藏身处的内部一片漆黑。有滴水的声音。一闪而过的阳光照出了蒂娜，她穿着外衣在地上浅睡。

原创电影剧本

纽特

蒂娜?

蒂娜醒来。纽特和蒂娜互相凝视片刻。整整一年,彼此朝思暮想。卡玛不见踪影,蒂娜似乎已经得救。

蒂娜
(喜悦,难以置信)

纽特!

蒂娜注意到卡玛隐入背景并举起了魔杖。她的表情一变。

卡玛

除你武器!

纽特的魔杖脱手飞入卡玛手中。门上出现几道横栏,他们被囚禁了。

卡玛
(隔着房门)

我很抱歉,斯卡曼德先生!
克莱登斯一死,
我即刻回来释放你。

蒂娜

卡玛,等等!

神奇动物：
格林德沃之罪

卡玛
你看，不是他死……
就是我亡。

他猛地用手捂住眼睛。

卡玛
不不不，
不不不。

他痉挛般抽搐，瘫倒在地，不省人事。

纽特
营救任务这么开始
可不太好。

蒂娜
这是营救任务？
我就这一个线索，
也让你丢了。

雅各布猛力撞门，想把门撞开。

纽特
（天真）
我们来之前
审问得

原创电影剧本

怎么样了?

蒂娜狠狠白了他一眼。她大步朝房间深处走去。

皮克特不为人察觉地跳出纽特的口袋,成功地把锁撬开,那些横栏顿时弹开。

雅各布
纽特!

纽特
干得好,皮克。
(对蒂娜)
你刚才说需要这个人?

蒂娜
没错,他可能知道
克莱登斯在哪儿,
斯卡曼德先生。

他们俯身察看神志不清的卡玛,突然听见上面什么地方传来一声惊天动地的咆哮。他们对视着。

纽特
那肯定是驺吾。

纽特抓起魔杖,幻影移形。

神奇动物：
格林德沃之罪

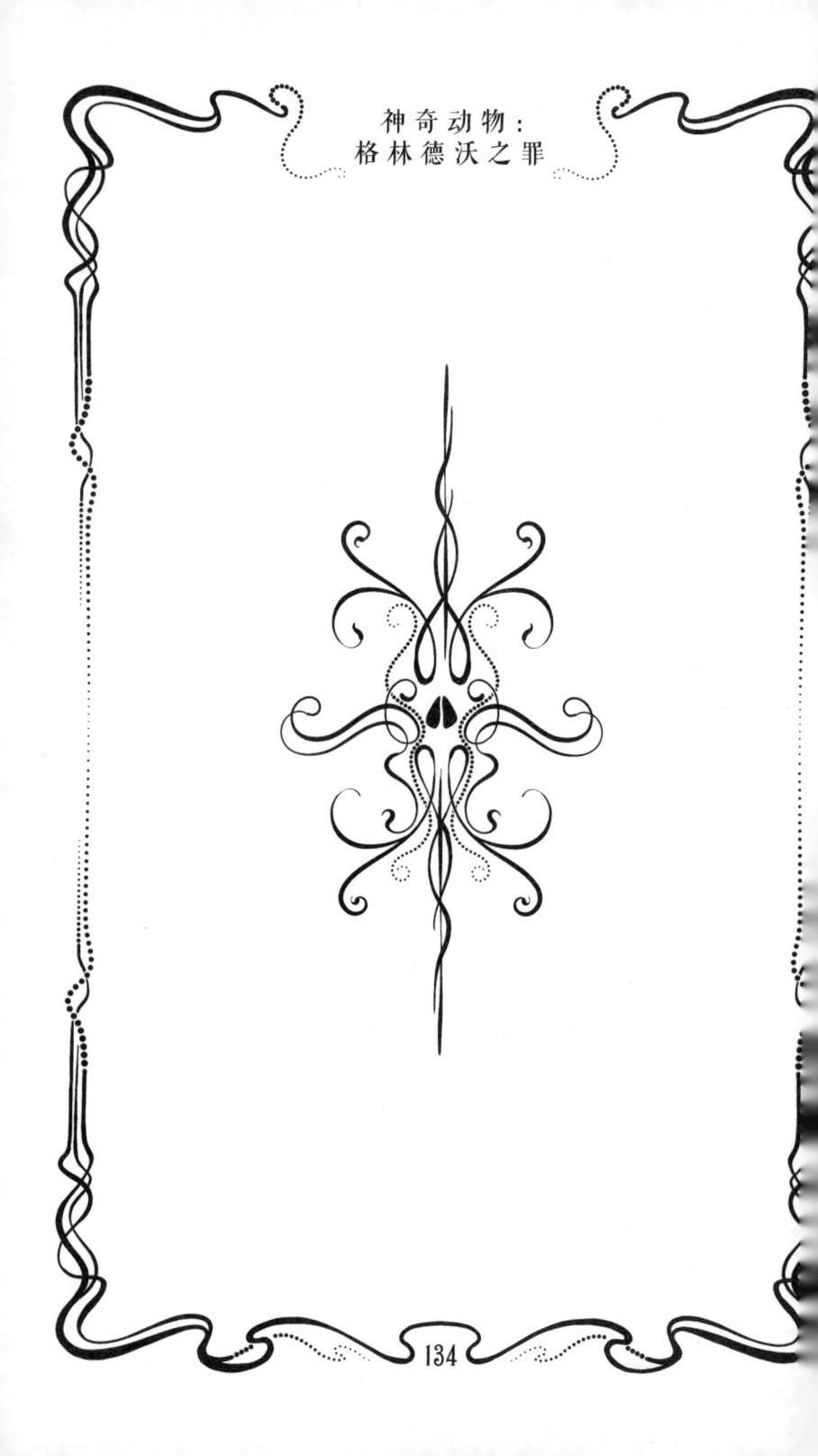

原创电影剧本

第 62 场
外景。巴黎的桥——夜晚

驺吾在桥的中间,它受了惊吓,杀伤力极大。它受了重创,无法继续奔跑,但它在猛力攻击路人,吓得他们大声尖叫,纷纷逃窜。汽车急刹车,发出刺耳的声音。

纽特在桥中间幻影显形,拎着箱子,距驺吾五十码。一秒钟后,蒂娜也抓着雅各布的胳膊幻影显形。雅各布被昏迷的卡玛压得直不起腰来。

神奇动物：
格林德沃之罪

雅各布

(喊叫)

快走，纽特！快过来！

纽特慢慢弯下腰，打开箱子。驺吾发出咆哮，伏下身子，开始朝纽特发起进攻。

为了不让驺吾受惊，纽特动作十分缓慢，他把胳膊伸进箱子，摸索着寻找一样东西。不料一时间没有找到。他皱起眉头，往箱子深处寻找。驺吾扑过来。它露出牙齿。

纽特要找的东西终于找到了。他抬起胳膊。手里举着一根棍子，上面用绳子拴着一个毛茸茸的玩具鸟。

停顿。驺吾的目光开始追随那只鸟。

驺吾的尾巴在抽动。它身子伏得更低了。接着，它一跃而起，凌空朝纽特扑来。旁边的人发出尖叫——纽特肯定会被碾成肉泥——

就在千钧一发之际，纽特松开玩具鸟，让它掉进箱子，一道绚丽的彩虹色闪过，驺吾追鸟而去，身后拖着巨蟒般的尾巴——砰——纽特重重地合上箱子。

人群一阵骚乱，警笛由远而近，警车开到桥上。勒梅的

原创电影剧本

名片从纽特口袋里飞了出来。

蒂娜和仍然扛着卡玛的雅各布朝纽特跑去,四人一起幻影移形。

神奇动物：
格林德沃之罪

第63场
外景。霍格沃茨——白天

一队令人生畏的傲罗在车道上大步走向城堡,其中有忒修斯和莉塔。

镜头推向楼上一扇窗户。学生们盯着下面的陌生人,互相提醒对方注意。傲罗们进入学校。

第64场
内景。黑魔法防御术课教室——白天

邓布利多正在授课。教室中间有一片空地,学生们兴致勃勃地欣赏眼前一幕。一个大块头男孩——麦克拉根——做好了迎战的准备,他长袍上满是灰尘,领带缠在耳朵上。他和邓布利多互相兜着圈子。

邓布利多
你上一次犯了哪三个
最大的错误?

神奇动物：
格林德沃之罪

麦克拉根
受到意外惊吓，老师。

邓布利多
还有呢？

麦克拉根
破解咒语前
没先躲开，老师。

邓布利多
非常好。最后一个……
最重要的一个？

麦克拉根挪开目光，思考着。邓布利多打了他一个措手不及。麦克拉根飞到空中，邓布利多变出一张沙发。麦克拉根撞在沙发上，滑落在地。

邓布利多
就是还没把
前两个学透。

全班哄堂大笑。门开了。特拉弗斯、忒修斯和另外四名傲罗走了进来，后面跟着年轻的米勒娃·麦格。

原创电影剧本

麦格
这里是学校,
你没权利——

特拉弗斯
我是魔法法律执行司司长,
有权去任何我想去的地方,
只要我想。
　　　　(对学生们)
都出去。

学生们没有动。

邓布利多
　　　　(对学生们)
请大家跟
麦格教授出去。

他们鱼贯而出,有的好奇,有的惊慌。最后一个离开的是麦克拉根。

麦克拉根
　　　　(对特拉弗斯)
他是我们
最好的老师。

神奇动物：
格林德沃之罪

邓布利多
（轻声）
谢谢你，麦克拉根。

特拉弗斯
出去！

麦格
走了，麦克拉根。

门关上了。

特拉弗斯
纽特·斯卡曼德在巴黎。

邓布利多
是吗？

特拉弗斯
别再装了。我清楚，
你命令他去的。

邓布利多
如果你有幸教过他，
就会知道，
纽特是个不太会

原创电影剧本

听命令的人。

特拉弗斯把一本小书扔向邓布利多,邓布利多单手接住。

特拉弗斯
(示意那本书)
你看过《泰科·多多纳斯的预测》吗?

邓布利多
很多年前了。

特拉弗斯
(念)
"男儿残酷流放,
女儿深深绝望——"

邓布利多
——对,我知道。

特拉弗斯
传闻这个预言
指的是默然者。
他们说格林德沃想——

神奇动物：
格林德沃之罪

邓布利多

——要个追随者，且出身名门。
我听过传闻。

特拉弗斯

可是默然者去过的地方，
斯卡曼德总会出现，
去保护他。
而且你还建了
一个非常小的
国际联络网——

邓布利多

(平静，坚定)

无论你监视我
和我朋友多久，
都不会发现有丝毫
违反你的意图，特拉弗斯。
因为我们目标一致：
击败格林德沃。
不过警告你，
你的政治打压和暴力
只会把支持者
推向他的怀抱——

原创电影剧本

特拉弗斯
我对你的警告
没兴趣!
（克制自己）
听着，本来我都不想提，
因为——我不喜欢你。

特拉弗斯和邓布利多都发出笑声。

特拉弗斯
但是……巫师里
只有你能与他匹敌。
我要你跟他对抗。

停顿。傲罗们注视着。

邓布利多
我不能。

特拉弗斯
因为这个?

他施了个咒语，变出少年邓布利多和少年格林德沃的动态照片。傲罗们大为惊愕。

少年邓布利多和少年格林德沃专注地凝视对方的眼睛。

神奇动物：
格林德沃之罪

特拉弗斯

你和格林德沃，
从前亲如兄弟。

邓布利多

是比兄弟还亲。

邓布利多看着照片。这些回忆是痛苦的。他内心充满悔恨，而更糟糕的是：他怀念生命中唯一一次曾被完全理解的感觉。

特拉弗斯

你会对抗他吗？

邓布利多

（痛楚）

我不能。

特拉弗斯

那么，你已经选了
站哪一边。

他又一挥魔杖。邓布利多手腕上出现了粗粗的金属手环——警示环。

原创电影剧本

特拉弗斯

从现在起,
我要知道
你施的每道咒,
监视你的人翻倍,
并禁止你教授
黑魔法防御术。

（对忒修斯）

莉塔在哪儿?
我们这就去巴黎!

他愤然离去。傲罗们跟了出去。忒修斯最后一个走到门边。

邓布利多

（轻声）

忒修斯。

忒修斯扭过头。

邓布利多

忒修斯,如果
格林德沃召集集会,
一定别去阻挠。
别让特拉弗斯派你去。
要是你还信任我——

神奇动物：
格林德沃之罪

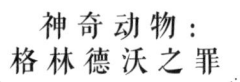

特拉弗斯（画外音）

忒修斯！

忒修斯离开。

第 65 场
内景。空无一人的霍格沃茨走廊——白天

夕阳的余晖透过窗户映照进来，莉塔走在一条只有回忆存在的走廊里。她在一扇敞开的门前停住脚步。

大礼堂里点亮了悬浮的蜡烛。

第 66 场
内景。空荡荡的霍格沃茨教室——白天

莉塔慢慢走进教室，扭身朝走廊望去，然后——

原创电影剧本

场景叠化:

第 67 场
内景。空荡荡的霍格沃茨教室——十七年前——早晨

十三岁的莉塔躲在空无一人的教室里,外面,学生们穿着长袍、推着箱子、拎着猫头鹰走过。这是冬季学期的最后一天,同学们几乎都动身回家了。

镜头转向两名推箱子的十三岁格兰芬多女生。

> **格兰芬多女生甲**
> 只要放假她就留在学校。
> 她家里人根本就不想
> 让她回去。

> **格兰芬多女生乙**
> 不怪他们,
> 她那人那么讨厌。
> 连莱斯特兰奇这个姓
> 也让人恶心——

神奇动物：
格林德沃之罪

莉塔猛冲出去挡在她们面前，举起了魔杖。

十三岁的莉塔
闭而不语！

格兰芬多女生乙的嘴巴被封上，就好像脸上根本没长嘴巴。得意的莉塔推开目瞪口呆的同学们，逃离现场。

格兰芬多女生甲
（尖叫）

麦格教授！
莱斯特兰奇
又干坏事了！

麦格（画外音）
莱斯特兰奇，别跑！
莱斯特兰奇！
不听话的孩子。回来，别跑！
真给斯莱特林学院蒙羞。
扣一百分！扣二百分！
给我回来，马上！
别跑！别跑了！别跑了！
快给我回来！

格兰芬多女生甲
老师，是莱斯特兰奇。

原创电影剧本

她太无法无天了——

麦格使女生闭嘴。

镜头转向莉塔,她全速拐过一个墙角。

她用力扭开一道侧门,冲了进去。

第68场
内景。霍格沃茨壁橱——十七年前——早晨

十三岁的莉塔重重关上门,站住脚,把耳朵贴在门上。她听见奔跑声和远处的喊叫声。接着,身后一个声音把她吓了一跳,她转过身。

十三岁的纽特已经在壁橱里。他把两三个水箱藏在这里,一个里面是蝌蚪,还有一个里面是变色巨螺。他手里捧着一只小乌鸦,一个带内衬的纸板箱是它的窝。小乌鸦的腿断了,绑着夹板。纽特和莉塔互相盯着对方。

十三岁的莉塔

斯卡曼德……

神奇动物：
格林德沃之罪

怎么没收拾行李？

十三岁的纽特

我不回家。

十三岁的莉塔

为什么？

十三岁的纽特

(指小乌鸦)

他需要我。他受伤了。

莉塔仔细打量水箱，然后看着那只丑陋的小鸟，纽特正在喂它吃一条蚯蚓。

十三岁的莉塔

是什么？

十三岁的纽特

小渡鸦。

她的好奇心被勾起来了。

十三岁的莉塔

渡鸦是我们家的
家徽。

她注视着纽特抚摸小鸟的头。当纽特把小鸟轻轻放在她手中时,她似乎才第一次看清楚了他。

场景叠化:

第 69 场
内景。黑魔法防御术课教室——十四年前——白天

授课内容是博格特。邓布利多指导一排少年前行,进行尝试。"滑稽滑稽"——"滑稽滑稽"——鲨鱼变成浮标,僵尸脑袋变成一个南瓜,吸血鬼变成一个长着小龅牙的兔子,欢笑声一阵接一阵。

邓布利多
好了,纽特。勇敢点儿。

十六岁的纽特走到队伍前面。博格特变成了魔法部的一张办公桌。

邓布利多
这个可不常见。
所以在这个世界上,

神奇动物：
格林德沃之罪

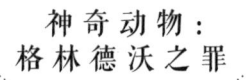

斯卡曼德先生最最害怕的
是什么呢？

十六岁的纽特
在办公室上班，教授。

全班哄堂大笑。

邓布利多
开始吧，纽特。

纽特
滑稽滑稽！

纽特把办公桌变成一头嬉闹的木头龙，然后走到一边。

邓布利多
干得好。变得好。

轮到十六岁的莉塔了，但她没有动弹。她很害怕。

邓布利多
（亲切，对莉塔）
莉塔，只是博格特，
它伤不着你。
每个人都有怕的东西。

原创电影剧本

一群女生聚在一起，为她的恐惧幸灾乐祸。

格兰芬多女生甲
看她怎么出丑。

莉塔走上前。博格特变形，立刻，所有的哄笑声都消失了。绿光映在每一张惊恐的脸上。

镜头里有个影子，长着一只小小的人类的手。莉塔发出一声啜泣，跑出教室。

第70场
外景。霍格沃茨湖，护树罗锅岛——十四年前——傍晚

纽特发现莉塔坐在湖边，满脸泪痕，眼睛红肿。他们看着对方。

十六岁的莉塔
我什么也不想说！

纽特伸出一只手，莉塔让他把自己拉起来。纽特领她走过

神奇动物：
格林德沃之罪

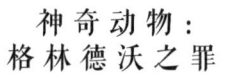

几棵树，来到一棵有护树罗锅在攀爬、打斗、嬉闹的树前。看到人类走来，护树罗锅们僵住了，但认出是纽特之后又放松下来。纽特伸出一根手指。一个护树罗锅跳了上来。

十六岁的纽特
他们认识我，不然会
藏起来。他们只待在
那些能做成魔杖的树上
你知道这些吗？

（停顿）

他们是非常复杂的
社会性生物。
假如观察得够久，
就会发现……

他的话音低了下去。莉塔没有看护树罗锅，而是注视着纽特。纽特把手向她伸去，护树罗锅站在他的手腕上。他的手轻轻擦过莉塔的手。

邓布利多（画外音）
你好，莉塔。

场景叠化：

第 71 场
内景。空荡荡的霍格沃茨教室——下午

现在的教室里,莉塔仍坐在她的旧课桌上。邓布利多走了进来。

     邓布利多
 真是个惊喜啊。

     莉塔
    (冷淡)
 因为在教室看到我?
 我是那么坏的学生?

     邓布利多
 正相反,
 你是我最聪明的学生。

     莉塔
 我说的是坏,不是笨。
 别费心想答案了。
 你没喜欢过我。

     邓布利多
 这么说不对。
 我从没觉得你坏。

神奇动物：
格林德沃之罪

莉塔
那你例外。
别人都觉得我坏。
　　　　　(声音很轻)
他们说得对。
我很邪恶。

停顿，邓布利多端详她。

邓布利多
莉塔，我明白
关于你弟弟科沃斯的那些传闻
让你很痛苦。

莉塔
不，你不明白。
除非你弟弟也死了。

邓布利多
我死的是妹妹。

她瞪视着他，两人都有敌意，同时又很好奇。

莉塔
你爱她吗？

邓布利多

我对她的爱实在不够。

他朝莉塔走来。

邓布利多

让自己释怀永远不晚。
有人说,坦白是种解脱。
如释重负。

她瞪着他。他知道什么——怀疑什么?

邓布利多

(轻声)

懊悔长久以来与我相伴。
不要让你也变成这样。

第72场
内景。格林德沃的藏匿地,会客厅——傍晚

奎妮坐在沙发上,旁边一张桌上放着茶和蛋糕。她放下手里的空茶杯。罗齐尔立刻又把杯子倒满,可以感觉到

神奇动物：
格林德沃之罪

奎妮有点尴尬。

奎妮

不，谢谢。
真的，你对我太客气了，
可我姐姐蒂娜一定非常担心我。
她会到处敲门，疯狂地找我，
我想我该走了。

罗齐尔

可你还没见过这里的主人。

奎妮
（若有所思）

哦，你结婚了？

罗齐尔
（微笑）

不如说……是心里认定了。

奎妮
（天真）

你看，我实在分不出
这是玩笑还是想表现……
法式习俗。

原创电影剧本

罗齐尔大笑着离开。奎妮感到迷惑。一个被施了魔法的茶壶悬在空中,推了推她,想为她再把茶杯加满。

奎妮
(对茶壶)
别过来。

门开了。格林德沃走进来。奎妮站起身,茶壶和茶杯掉在地上摔碎。她抽出魔杖,指着格林德沃。

奎妮
你不许动。
我知道你是谁。

他慢慢走向奎妮。

格林德沃
奎妮,我们不是来伤害你的。
我们只是想帮你。
你离家乡那么那么远,
令你所爱的一切,
令你舒心的一切,
都离你那么远。

奎妮瞪着眼睛,手里一直举着魔杖。

神奇动物：
格林德沃之罪

格林德沃

我永远不想看你受到伤害，
永远。你姐姐当上傲罗，
那不是你的错。
希望你与我并肩而行，
携手走向那个巫师能公开身份、
自在去爱的世界。

格林德沃的手碰到奎妮的杖尖，把它压低。

格林德沃

你是无辜的。
现在走吧。离开这里。

原创电影剧本

神奇动物：
格林德沃之罪

第 73 场
内景。霍格沃茨，有求必应屋——夜晚

一个朴素的房间。墙边立着一个大物件，用黑色天鹅绒蒙着。邓布利多站在那里，思忖片刻，走向被蒙住的物件，把天鹅绒扯了下来。

厄里斯魔镜出现了。他已经多年没有照这面镜子。此刻他鼓起勇气，朝镜子里望去。

只见少年邓布利多和少年格林德沃在一个谷仓里面对面

原创电影剧本

站着。两人都用魔杖在自己手掌上划了一道。血流出来，他们把手扣在一起……

邓布利多把头转开，克制住想把镜子重新蒙上的冲动。

他振作精神，抬起眼睛。

从两人流血的手掌上，升起两滴闪亮的血珠，相互融合，化为一滴血珠。血珠周围开始形成一层金属壳，变得越来越精致和轮廓分明。正是格林德沃的小药瓶。

幻象隐去，现在的格林德沃微笑着站在镜子外面，被黑暗所环绕。

神奇动物：
格林德沃之罪

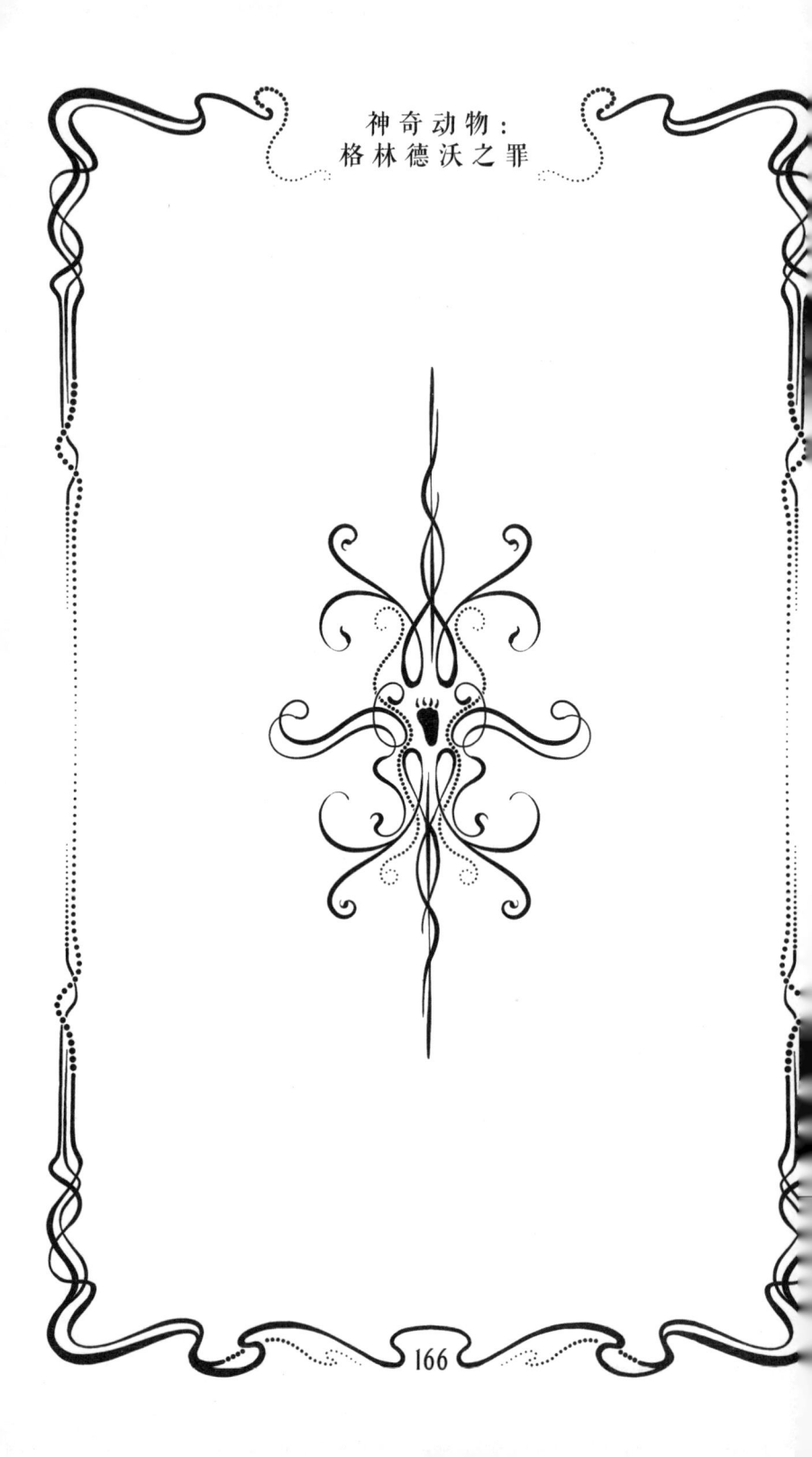

原创电影剧本

第 74 场
外景。巴黎，蒙莫朗西街——下午

定场镜头。尼可·勒梅的家。

神奇动物：
格林德沃之罪

第 75 场
内景。勒梅的家——下午

一间阴森诡异的中世纪会客厅。挂毯上是活动的人影和古怪的如尼文。墙角一个很大的水晶球里显示着团团黑云。蒂娜正在用一瓶嗅盐唤醒卡玛。卡玛微微动了动。《泰科·多多纳斯的预测》从他口袋里掉到地上。蒂娜把书捡起，翻到卡玛画线的那个预测。

纽特的箱子敞开放在一张桌子上。驺吾在里面发出吼叫。蒂娜扭头看着箱子，侧耳细听。

原创电影剧本

第 76 场
内景。纽特的箱子，驺吾的围场——下午

某处位于中国的野生动物栖息地。纽特蜷缩在茂密的灌木丛中。驺吾把他拎起来，用一只爪子把他晃来晃去。

原创电影剧本

第 77 场
内景。勒梅的家——下午

雅各布走进来,看见蒂娜正注视着箱子。蒂娜匆匆把目光收回到书上。

雅各布
（对箱子里喊话）
纽特,兄弟。
蒂娜在上面,
就她一个人,
也许你想上来陪陪她?
（停顿）
我一直在找吃的,
但什么也没有。
所以我要再去楼上试试运气,
不知道,兴许得去阁楼!

第 78 场
内景。纽特的箱子，驺吾的围场——下午

纽特仍然挂在驺吾的爪子上，他不住地安慰和哄劝驺吾，总算够到驺吾的索套，把它解开。驺吾终于摆脱锁链，获得自由。

纽特

会没事的。

雅各布（画外音）

那好！

第 79 场
内景。勒梅的家——下午

雅各布正要离开，纽特从箱子里爬了出来。

纽特

白鲜对她药效很好。
她生下来就该会跑，
不过我想，

原创电影剧本

她可能缺乏自信……

他看了一眼蒂娜。蒂娜把《泰科·多多纳斯的预测》放进口袋,说话时眼睛并没有看着纽特。

蒂娜
斯卡曼德先生,
你箱子里有什么能帮助
这位先生醒过来吗?
我想问他些问题,
他可能知道
克莱登斯的真实身份。
他手上的伤疤
应该是牢不可破咒——

纽特
(热切,同时插话)
——牢不可破咒。
对,我注意到了……

他们仔细察看不省人事的卡玛。

纽特
荧光闪烁。

纽特把点亮的杖尖凑近卡玛的眼睛,他的手轻轻擦过蒂

神奇动物：
格林德沃之罪

娜的手。两人都惊了一下。纽特凝视卡玛的眼睛。一根触须倏忽一闪，迅速缩回——

蒂娜
（惊愕）

那是什么？

纽特
（严肃）

下水道里一定有水龙——
他们身上有这种寄生虫，
你看他们……
雅各布？

雅各布

什么事？

纽特

我箱子里，
那边口袋里，
有一把镊子。

雅各布

镊子？

原创电影剧本

纽特

就是细细尖尖的——

蒂娜

细细尖尖的。

雅各布

对,我知道什么是镊子。

纽特

(对蒂娜)

也许你不太想看……

蒂娜

我受得了。

纽特终于钳住卡玛眼睛里的触须,把它拔出来。

纽特

出来,快出来。你没事的。
雅各布,愿意帮我拿一下吗?

纽特拔出的东西类似一只细长腿的水蜘蛛,纽特把它递给雅各布。

神奇动物：
格林德沃之罪

雅各布
恶心！鱿鱼须啊。

卡玛开始低声嘟囔，他还没有完全清醒，神情狂乱。

卡玛
必须杀了他……

蒂娜
谁？克莱登斯？谁——？

纽特
可能需要几小时
才能恢复意识。
这种寄生虫的毒性很强。

蒂娜
我得回魔法部
上报线索。
　　　(声音发颤)
很高兴再见到你，
斯卡曼德先生。

她大步离开房间，纽特怔在原地，迷惑而沮丧。

原创电影剧本

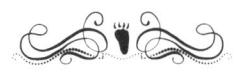

第 80 场
内景。勒梅的家，玄关——下午

雅各布跟着蒂娜走进门厅。

      雅各布
先等一下，行吗？
待会儿，别走！等等！蒂娜！

蒂娜离开。前门关上时，纽特出现在会客厅门口。

      雅各布
      （对纽特）
你没提火蜥蜴的事吧？

      纽特
我没有，她就是——
就是说走就走了。
我不知道……

      雅各布
      （坚定）
那你就赶紧追啊！

神奇动物：
格林德沃之罪

纽特抓起箱子。他离开了。

第 81 场
外景。蒙莫朗西街——傍晚

蒂娜匆匆走在路上。纽特加快脚步追赶。

纽特
蒂娜，请你听我说——

蒂娜
斯卡曼德先生，
我要回魔法部报告。
而我知道
你对傲罗的态度——

纽特
我在那封信里的言语
可能有点过激——

蒂娜
那句话怎么说来着？

原创电影剧本

"一群妄想发迹的伪君子"?

纽特
对不起,但我无法欣赏那些
遇到不懂或害怕的事物
就会起杀心的人。

蒂娜
我是傲罗,可我不会——

纽特
我知道,因为你
是中间那个头!

蒂娜
(停住)
你说什么?

纽特
这个比喻源自
有三个头的如尼纹蛇。
中间的头有远见。
现在在欧洲的傲罗
都想让克莱登斯死——
除了你。
你是中间的头。

神奇动物：
格林德沃之罪

停顿。

蒂娜
还有谁用过这个比喻吗，
斯卡曼德先生？

纽特思考。

纽特
我想大概也就我了。

所有的灯光都熄灭了，每一座建筑物都被黑色的横幅笼罩。

麻瓜们完全不受影响，兀自赶路，但是近旁走过一位年轻的红发女巫。她和纽特、蒂娜一样能看见那些横幅。

蒂娜走到路中间，注视着黑色织物从天而降，把周围的建筑物笼罩在黑暗之中。

蒂娜
那是格林德沃。
在召唤他的追随者。

镜头顺着一条飘悬的黑色织物向上平移，最后从空中鸟瞰巴黎全景。整个城市正被格林德沃的黑色横幅遮盖。

原创电影剧本

神奇动物：
格林德沃之罪

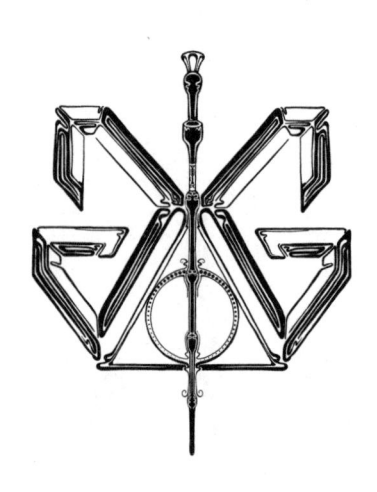

第 82 场
外景。巫师咖啡馆——傍晚

男女巫师争相跑出来一看究竟，路上的麻瓜们看不到那些东西。

第 83 场
外景。巴黎的街道——傍晚

奎妮把手伸向离她最近的黑色横幅，一个徽章在她的触摸下显现，徽章上是一只白鸦。

原创电影剧本

第84场
外景。弗斯滕伯格广场——傍晚

纽特仍在跟着蒂娜。两人站住,周围铺天盖地都是令人生畏的格林德沃的横幅。

蒂娜

太迟了。格林德沃
要抓克莱登斯了。
也许已经抓到他了。

纽特

（突然爆发力量）

还没那么迟。
我们还能先找到他。

他抓住蒂娜的手,拉着她往前走。

蒂娜

你去哪里?

纽特

去法国的魔法部。

神奇动物：
格林德沃之罪

蒂娜

克莱登斯最不可能
去那里！

纽特

有个盒子藏在魔法部。
盒子能告诉我们
克莱登斯的真实身份。

蒂娜

盒子？你到底
在说什么啊？

纽特

相信我。

第 85 场
外景。废弃的建筑物，屋顶——临近傍晚

克莱登斯把鸟食碾碎，喂给一只小鸟，纳吉尼出现在他身后。

原创电影剧本

纳吉尼
（急切地）

克莱登斯。

她领着他穿过敞开的窗户,来到外面的房顶上。他们身后可见埃菲尔铁塔。

摇摄镜头。格林德沃坐在房顶上,离他们俩很近。

格林德沃

嘘。

克莱登斯
（低语）

你想要什么?

格林德沃

要你什么? 什么也不要。
给你什么? 一切我从未拥有的。
可你想要什么,我的孩子?

克莱登斯

想要知道我是谁。

格林德沃

从这上面你可以找到证据,

神奇动物：
格林德沃之罪

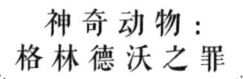

证明你的真实身份。

格林德沃从口袋里掏出一张羊皮纸，丢向空中。羊皮纸扑棱棱地飞向克莱登斯，轻轻落在他手里。

格林德沃
今晚来拉雪兹神父公墓，
你就能找到真相。

他鞠了一躬，幻影移形，克莱登斯留在原地，手里抓着一张拉雪兹神父公墓的地图。

原创电影剧本

神奇动物：
格林德沃之罪

第 86 场
内景。勒梅的家——傍晚

雅各布很不舒服地睡在一张椅子里，旁边是神志不清的卡玛。卡玛在喃喃低语。

卡玛

父亲……

为什么要让我……

原创电影剧本

雅各布像是突然从噩梦中惊醒。

雅各布
等一下！等等——

雅各布彻底清醒，他肚子开始咕咕叫。

一个人影在雅各布身后出现。六百岁高龄的尼可·勒梅站在他的炼金术工作室的门口。

勒梅
恐怕我们没在房子里存吃的。

雅各布吓得惊叫起来。

雅各布
（惊恐）
你是幽灵？

勒梅
（暗自发笑）
不，不。我还活着。
我是炼金术士，
因此能永生。

神奇动物：
格林德沃之罪

雅各布
你看起来不过三百七十五岁。
对不起，我们没敲门——

勒梅
不，没关系。
阿不思告诉我，
可能有朋友造访。
（伸出手）
尼可·勒梅。

雅各布
哦。雅各布·科瓦尔斯基。

两人握手。雅各布握得很紧——对炼金术士脆弱的骨头来说，实在是太紧了。

勒梅
哦！

雅各布
对不起。

勒梅
不要紧。

原创电影剧本

雅各布
我不——

勒梅看着那个大水晶球,里面出现了一团团翻滚的黑云和一道道闪电。

勒梅
啊!总算是看见了一些进展!

雅各布
(凑近)
这东西我见过一次。
在展览会上。
有一位女士,戴着面纱。
我给了五分硬币,
她告诉我我的未来。
(停顿)
不过事实上,
她漏掉了不少事。

镜头对准水晶球,对准滚滚乌云和一道道闪电,在圆球的中心可以看见克莱登斯——

雅各布(画外音)
等一下!我认识他。
是那个孩子。

神奇动物：格林德沃之罪

克莱登斯——

——水晶球里的景象随即变成莱斯特兰奇陵墓，那只石雕乌鸦特别显眼。突然，奎妮出现在墓地里，她坐在一张石凳上，等待着……

雅各布
天哪！那是奎妮！
她在那里。
　　　　　（似乎是对奎妮）
嗨，宝贝儿！
　　　　　（对勒梅）
这是什么地方？
这是——在这里吗？

勒梅
这是莱斯特兰奇陵墓。
在拉雪兹神父公墓……

雅各布
　　　　　（对水晶球里的奎妮）
我来找你了，宝贝儿。
别走开——
　　　　　（对勒梅）
谢谢，谢谢，
勒梅先生！

原创电影剧本

雅各布感激地抓住勒梅的双手。

勒梅

啊!

雅各布

哦,对不起!对不起!

勒梅

哎哟。

雅各布

哦——帮我照看
鱿鱼须先生。

他转过身。沙发上空无一人。雅各布冲出房间,跑进大厅。前门敞开着。卡玛逃跑了。

雅各布

哦,不!对不起,我得走了。

勒梅

请你一定别去墓地!

可是雅各布也冲进了夜色中。

神奇动物：
格林德沃之罪

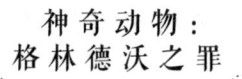

镜头转回勒梅。

勒梅拖着脚追赶雅各布，但发现雅各布已经走了，他焦急地把目光转向水晶球。水晶球里翻滚着黑色的火焰。

勒梅拖着脚走回工作室，打开一个壁柜。可以看见各种玻璃瓶和试管，还有那块闪闪发亮的魔法石。他从架子上搬下一本带锁的书，书上凸起的部分印着一只凤凰。他碰了碰锁，锁一下子弹开了。

镜头推向书，勒梅在翻动书页。

每页都有一张带名字的照片。勒梅翻动书页，但所有照片上的人都不见了。

勒梅

天哪——

邓布利多的肖像是空的。

勒梅翻开另一页。尤拉利·希克斯，伊法魔尼魔法学校一位年轻的美国教授，神色忧虑地打量四周。

尤拉利

出了什么事？

勒梅

他说的全发生了。
格林德沃今晚在公墓集会，
届时会有人死亡！

尤拉利

那你必须去！

勒梅

（紧张）

什么？我已经两百年
没动过手了……

尤拉利

勒梅，你可以的。
我们相信你。

第87场
外景。弗斯滕伯格广场——白天

蒂娜和纽特站在附近的一条小街里，看着外面的广场，此前广场的树根曾拔地而出，形成通向法国魔法部的鸟

神奇动物：
格林德沃之罪

笼电梯。

纽特

盒子在谱氏间，蒂娜。
在地下三层。

纽特在口袋里翻找，掏出一个小瓶，里面只剩下几滴浑浊的液体。

蒂娜

那是复方汤剂？

纽特

（指小瓶）

这点够我混进去了。

他低头看着自己的衣服，在肩膀上找到忒修斯的一根头发。他把头发加入魔药，一饮而尽，他变成了忒修斯，但仍穿着纽特的衣服。

蒂娜

谁——？

纽特

我哥哥忒修斯。
他是傲罗。喜欢抱人。

原创电影剧本

第88场
内景。法国魔法部,底层——夜晚

忒修斯从一间会议室出来,大步走向正在等他的莉塔。

莉塔
怎么了?

忒修斯
格林德沃召集集会。
不知道在哪儿,
但能确定是今晚。

莉塔和忒修斯亲吻。

莉塔
要小心。

忒修斯
当然会。

莉塔
答应我一定要小心。

忒修斯
当然,我会小心的。

神奇动物：
格林德沃之罪

听我说，这事儿
你该先从我这儿知道。
他们认为克莱登斯
可能是你失踪的弟弟。

莉塔
我弟弟已经死了。他死了。
要我说多少次，忒修斯？

忒修斯
我知道，我知道。
那些记录，那些资料会证明的，
好吗？它们撒不了谎。

特拉弗斯
（尖锐地）
忒修斯。

忒修斯松开莉塔，走到特拉弗斯身边。

特拉弗斯
要把参加聚会的每一个人
都抓起来。如果反抗——

忒修斯
先生，恕我冒昧……

原创电影剧本

但如果出拳太重，
是否会增加风险——

特拉弗斯
你照办。

忒修斯看见了变成忒修斯的纽特和蒂娜，他们正低头走过魔法部的速记室。兄弟俩四目相对。

镜头转向变成忒修斯的纽特和蒂娜。

变成忒修斯的纽特一把抓住蒂娜的胳膊，一个急转弯，拐进一道走廊。忒修斯拔腿就追，撇下了莉塔和气愤的特拉弗斯（他没有看见纽特）。莉塔退出人群，从一道侧门溜走。

第89场
内景。法国魔法部，走廊——夜晚

变成忒修斯的纽特和蒂娜在走廊里奔跑，墙上挂着肖像，复方汤剂的药效已开始从纽特身上消失。

神奇动物：
格林德沃之罪

纽特

我猜你不可以
在法国魔法部
用幻影移形吧？

蒂娜

不可以。

纽特

糟了。

药效彻底消失。

蒂娜

纽特！

纽特

对，我知道。我知道——

立刻，走廊墙上的每幅肖像都变成了纽特。警报响起。

警报（画外音）

警报！警报！
有逃亡巫师，
纽特·斯卡曼德，
进入魔法部！

原创电影剧本

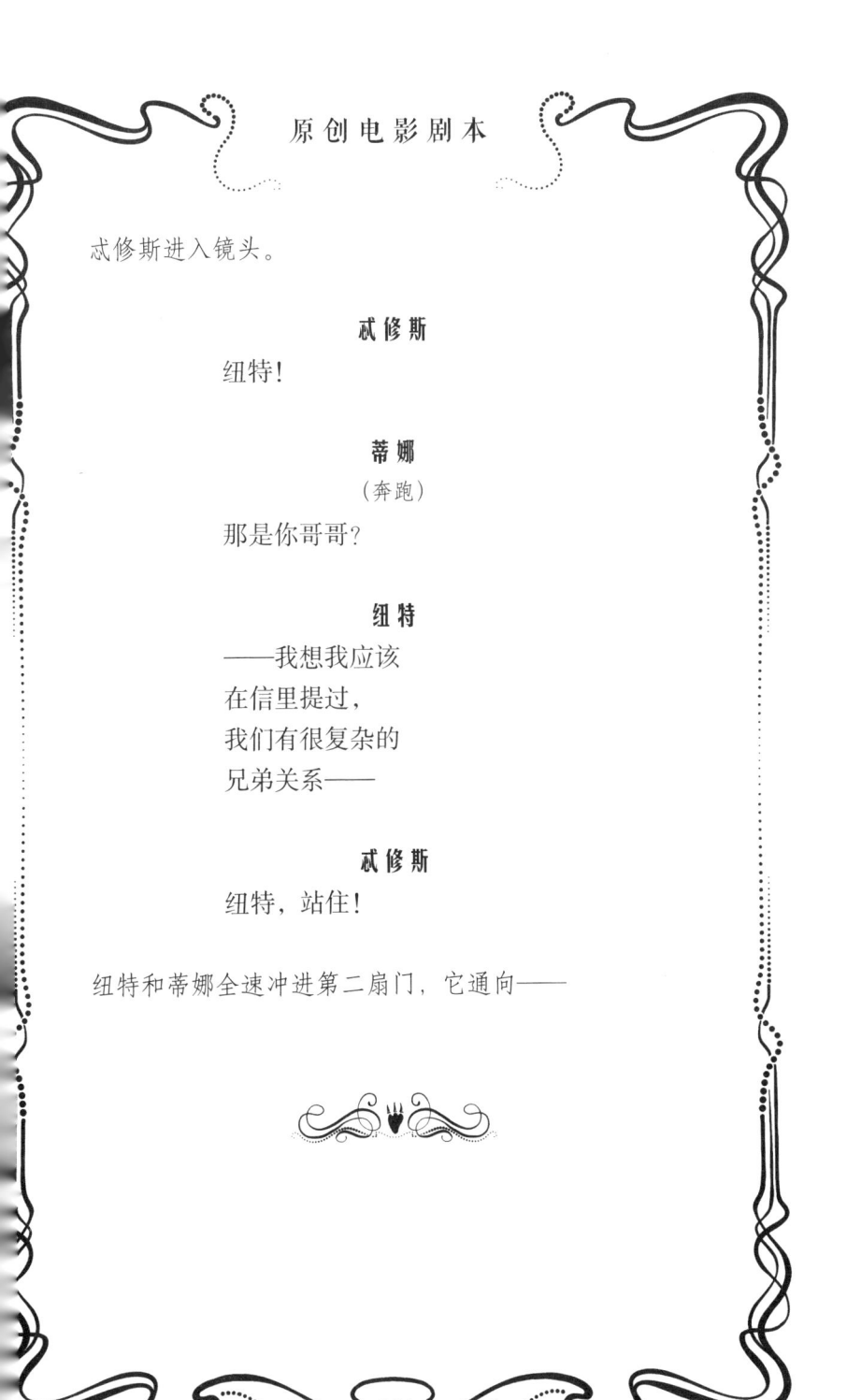

忒修斯进入镜头。

忒修斯

纽特!

蒂娜
(奔跑)

那是你哥哥?

纽特

——我想我应该
在信里提过,
我们有很复杂的
兄弟关系——

忒修斯

纽特,站住!

纽特和蒂娜全速冲进第二扇门,它通向——

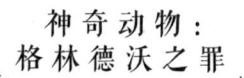

第 90 场
内景。法国魔法部,邮件收发室——夜晚

——通向一间邮件收发室。两名年长的搬运工正推着邮车走过圆形房间。

蒂娜

他想杀了你?

纽特

常有的事儿。

忒修斯

够了!

他们从邮车旁边奔过时,忒修斯对着他们的背影发射了一个咒语,邮车里的邮包被击飞起来。蒂娜挡住了咒语。

蒂娜

他该收收脾气了!

蒂娜用魔杖瞄准。忒修斯被重重甩进蒂娜凭空变出的一把高脚椅里。忒修斯双手被缚,坐在椅子上后退着飞入一间会议室,狠狠地撞在墙上。

原创电影剧本

纽特

(惊愕)

这大概是我人生
最辉煌的时刻了。

蒂娜大笑。纽特和蒂娜继续往前跑。

神奇动物：
格林德沃之罪

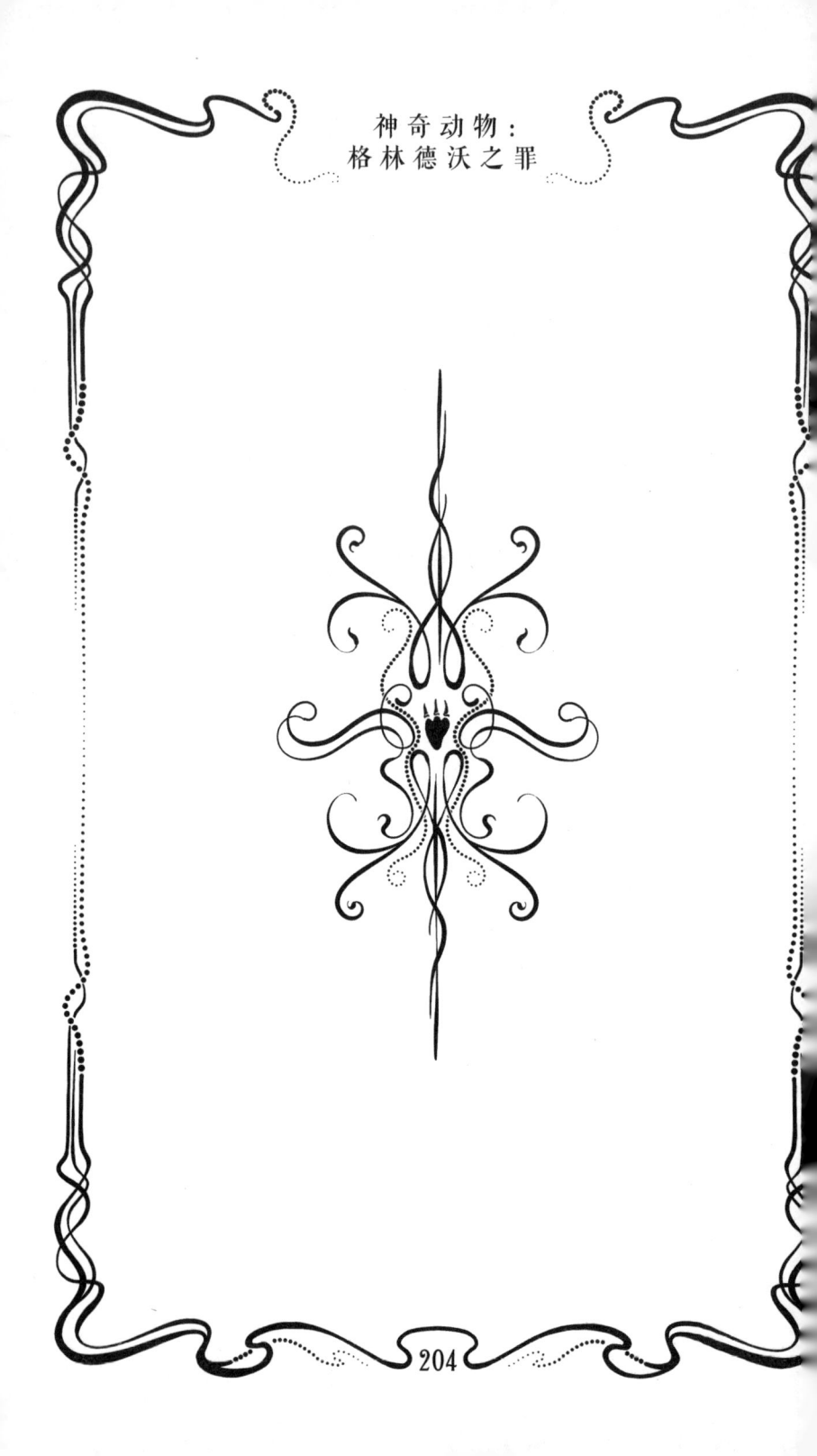

原创电影剧本

第 91 场
内景。莱斯特兰奇陵墓——夜晚

一座放有许多石棺的古墓,其中最显眼的是莉塔父亲那座壮观的大理石墓。

阿伯内西和麦克杜夫拎着从法国魔法部取来的袋子,取出一个精致的盒子,并把它埋在陵墓里,以备后用。

神奇动物：
格林德沃之罪

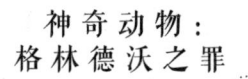

第 92 场
外景。拉雪兹神父公墓——随后不久——夜晚

雅各布气喘吁吁地在黑暗、荒凉的公墓里奔跑，寻找他在水晶球里看见的那座墓。远处隐约的亮光使他看到了莱斯特兰奇陵墓。

第 93 场
外景。莱斯特兰奇陵墓——一分钟后——夜晚

雅各布奔到古墓前。横梁上有一只石雕乌鸦。

雅各布
（低语）

奎妮？

没有回答。他走进去。

原创电影剧本

第 94 场
内景。莱斯特兰奇陵墓——夜晚

镜头对准雅各布,他进入一个满是阴影和石棺的狭小空间。一盏孤灯。

雅各布
奎妮,亲爱的?

男巫师
别动。别动。

他身后出现动静。他猛地转身。一个仅能看到轮廓的人影朝他扑来。

第 95 场
内景。法国魔法部,档案室前厅——夜晚

纽特和蒂娜拐过墙角,进入一片美丽的前厅区域,再往

神奇动物：
格林德沃之罪

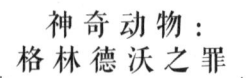

前是雕刻成树木形状的、高耸的新艺术风格的门扉。桌子后面一位十分年迈的女人把他们拦住。她叫梅卢辛。

梅卢辛

需要帮忙吗？

纽特

呃——需要，这是莉塔·莱斯特兰奇。我，我是她的——

蒂娜

未婚夫。

他们之间的气氛越发尴尬，梅卢辛把一本古书搬到桌上打开。

镜头推向梅卢辛苍老皱缩的手指，它们掠过一串以 L 打头的姓氏名单。

梅卢辛

（示意他们往前）

请进。

蒂娜

（小声）

谢谢。

纽特

（在蒂娜身后低语）

谢谢。

纽特抓住蒂娜的手，拉她走向进入档案室的门。梅卢辛怀疑地打量着他们。

纽特

蒂娜，那个订婚的事——

蒂娜

（敏感）

抱歉，对，
我早该恭喜你了——

档案室的门开了。他们快步走入。

第 96 场
内景。法国魔法部，档案室——夜晚

门在他们身后关上，他们顿时陷入黑暗。

神奇动物：
格林德沃之罪

纽特

不，那是——

蒂娜

荧光闪烁。

一大片望不到边际的架子在他们面前延伸，都雕刻成树的样子，他们仿佛是在一座森林边上。皮克特从纽特口袋里探出头，兴奋地吱吱尖叫。

蒂娜

莱斯特兰奇。

没有反应。

蒂娜迈步向前，纽特紧随其后。他们在那些雕刻的架子间穿梭，架子上放着一卷卷羊皮纸，间或有预言球，以及其他神秘的箱子和盒子。

纽特

蒂娜——莉塔的事——

蒂娜

没错，我刚说了
替你高兴——

原创电影剧本

纽特
是,嗯,别高兴。

她停下来,望着他。他说什么?

纽特
请你别高兴。
   (困扰)
不,不。真抱歉。
我没……很显然,我——
很显然我想你高兴。
我听说了你的近况。
实在太好了。
抱歉——
   (做出无望的姿势)
我想说的是,
我想让你快乐,
但我不想你因为我快乐而快乐,
因为我并不。
   (见她疑惑)
不快乐。
   (见她仍然疑惑)
也没订婚。

蒂娜
什么?

神奇动物：
格林德沃之罪

纽特

就是愚蠢杂志上的错误。
我哥哥娶了莉塔，
6月6号。
我是去当伴郎的，
差不多吧。
这事儿挺滑稽。

蒂娜

你哥哥以为你想
赢回莉塔？

（停顿）

你是来赢回莉塔的吗？

纽特

不是！我来——

停顿。他凝视着她。

纽特

——你知道，
你的眼睛真的——

蒂娜

真的什么？

原创电影剧本

纽特
我不应该说的。

皮克特翻出纽特的口袋,爬到离它最近的架子上。纽特没有发觉。

停顿。急速地:

蒂娜	**纽特**
纽特,我看了你的书,你有没有——?	我有一张你的剪报——等等,你看了——?

纽特从胸前的口袋里掏出蒂娜的照片,打开。蒂娜无比感动。纽特从照片看向蒂娜。

纽特
我剪了这张——
报纸上一张你的照片,
可你看,有意思的是,
你的眼睛通过报纸印刷……
现实里是这种效果,蒂娜……
像是一团火在水中,
黑暗的水中。
这种情形我就见过一次——
　　　(挣扎)
见过那一次,就是——

神奇动物：
格林德沃之罪

蒂娜
(低语)

火蜥蜴？

一声巨响，档案室的门突然打开。他们立刻分开。有人进了房间。他们退到架子之间。

蒂娜

走。

镜头转向门口的莉塔。

她焦急地走进来。这是她隐藏关于科沃斯死因的证据的最后机会。门在她身后关上。她举起魔杖。

莉塔

莱斯特兰奇。

架子开始移动。

镜头转向梅卢辛，她透过档案室的门注视着。

镜头转向纽特和蒂娜。

周围的参天巨树都在移动。莱斯特兰奇的"树"朝他们飞来，几乎要把他们碾碎。他们跳上一个架子。

原创电影剧本

镜头转向莉塔。

高耸的架子在她面前摇摇晃晃地停住。她瞪大眼睛。她面前是一个空架子。灰尘中有摆放过一个盒子的痕迹，此刻却只有一张羊皮纸。

她拿起羊皮纸，大声读出内容。

莉塔
"记录已转至莱斯特兰奇家族陵墓，拉雪兹神父公墓。"

她发觉皮克特藏在架子上的文件箱之间。

莉塔
即刻回旋。

高耸的档案架转过来，露出了攀附在架子上的纽特和蒂娜。

莉塔
你好，纽特。

纽特
你好，莉塔。

神奇动物：
格林德沃之罪

蒂娜
(尴尬，但不失亲切)

嗨。

就在此时，梅卢辛走进档案室，周围是一些狂叫的灵猫。

纽特

哦，不。

莉塔
(害怕)

这些是什么猫？

纽特

它们不是猫，
它们是灵猫。
一种灵性生物，
负责守卫魔法部——
不过它们不伤人，除非——

莉塔惊慌失措，朝一只灵猫发射咒语。

莉塔

昏昏倒地！

她的咒语不仅失败，而且使灵猫开始繁殖，变得更加咄咄逼人。

纽特
除非先攻击它们!

每一批灵猫被击中后,都开始繁殖并发生变异。情形变得十分危险。

莉塔
不好。

纽特
莉塔!

莉塔翻过栏杆,跟档案架上的纽特和蒂娜会合。

莉塔
统统复原!

灵猫猛扑过来,众人眼前是黑压压一片令人胆寒的利爪和尖牙,高耸的档案架飞速后退。

灵猫大举进攻,纽特、蒂娜和莉塔被追得满屋逃窜,这时档案室森林里的另一棵"树"开始旋转和移动。

然而,就在灵猫似乎失去方向的时候,档案室的所有档

神奇动物：
格林德沃之罪

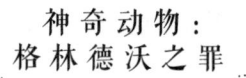

案架突然缩进地板，房间里变得空荡荡的。灵猫朝猎物肯定会在的地方搜寻而去，却只发现——

纽特的箱子。

镜头从上方推向箱子。

停顿。

随着一声爆响，驺吾破箱而出，纽特骑在它背上。它大声咆哮，竖起身子，鬃毛呼呼闪动，朝如潮水般汹涌而来的灵猫发起猛烈进攻。

纽特
箱子飞来！

纽特的箱子飞入他的手中。

驺吾和纽特仿佛消失在那一片沸腾的灵猫群中，有几秒钟难见踪影。他们拼命击退灵猫，驺吾强大的力量无与伦比，它红色的尾巴大力甩打。

纽特用魔杖指着天花板。

纽特
齐齐高擎！

原创电影剧本

架子再次拔地而起，使纽特和驺吾高高升到了空中。驺吾仍在奋力击退灵猫，这时架子吃不住重量，开始倾斜，轰然倒塌，驺吾爬上阳台。

第 97 场
内景。法国魔法部，底层——一分钟后——夜晚

驺吾跑出房间，灵猫穷追不舍，驺吾身后留下一批受伤和被击败的灵猫。驺吾在魔法部里开辟出一条毁灭之路。它最后纵身一跃，跃过速记室上空……

……它强悍无比的魔力推动着它凌空腾起，冲破玻璃房顶，飞了出去。

神奇动物：
格林德沃之罪

第 98 场
外景。拉雪兹神父公墓——夜晚

纽特和驺吾降落在公墓里。驺吾的惊天一跃，使他们获得了自由。

几只追逐他们的灵猫低吼了几声，开始缩小。它们缩成麻瓜世界的家猫那么大，可怜巴巴地"喵喵"叫着。

驺吾亲热地蹭蹭纽特，纽特打开箱子。

纽特

> 停，停，停。
> 好吧，等等。别着急。
> 来吧。好了，等等。好了。

莉塔和蒂娜爬出箱子，看到纽特在哄着驺吾。

蒂娜晃了晃她从箱子里捡回的小鸟玩具。驺吾眼睛一亮。

趁纽特和蒂娜不注意，莉塔转身跑进黑暗中。

原创电影剧本

第 99 场
内景。莱斯特兰奇陵墓——一分钟后——夜晚

莉塔进入装饰华丽的墓穴,四周陈列着莱斯特兰奇家族死者的安睡的雕像。雅各布背靠墙站着,旁边是蛇形的纳吉尼,她一下一下地抽打着卡玛,卡玛正在努力瞄准克莱登斯。

卡玛

(对纳吉尼)

你走开!让开!让开路!
那我只能先杀了你,
再杀科沃斯!

莉塔举起魔杖对着卡玛,卡玛一转身看见莉塔用魔杖瞄准自己——他们形成对峙。

莉塔

住手!

莉塔走上前,她心神烦乱,但终于决定做正确的事情。卡玛感到迷惑。她就像他的母亲死而复生一样。他走向莉塔,在黑暗中端详她的脸,被她的模样迷住,深受触动。

莉塔

尤瑟夫?

神奇动物：
格林德沃之罪

卡玛

真的是你吗？
我的小妹妹……？

纽特和蒂娜走进来，交换了一下目光——又找到一块拼图。

克莱登斯

（对莉塔）

他是你哥哥？
那我是谁？

莉塔

我不知道。

他推开莉塔，不设防地面对卡玛。

克莱登斯

我不想活得无名无姓，
没有身世。
我的故事请告诉我吧——
然后你可以做了结。

卡玛

你的故事就是我们的故事。

（示意莉塔）

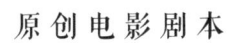

我们的故事。

莉塔

不，尤瑟夫——

卡玛

（决心已定）

我父亲是穆斯塔法·卡玛，
塞内加尔的纯血统后裔，
有学识，精法术。

第 100 场
外景。公园——1896 年——白天

一位美丽的女人，劳瑞娜，身着一袭精致的长袍，和丈夫穆斯塔法一起在公园里漫步——显然夫妻恩爱，年幼的尤瑟夫跟在他们身旁。

卡玛（画外音）

我母亲劳瑞娜，
同样出身纯血统名门，
是知名的美人。

神奇动物：
格林德沃之罪

他们非常相爱。
他们知道有一个男人，
来自法国极有影响力的纯血统家族，
渴望占有母亲。

一位神情热切的巫师，老科沃斯·莱斯特兰奇，在远处端详她的美貌。

第 101 场
内景。卡玛宅第——1896 年——夜晚

劳瑞娜的长袍变成睡衣。她慢慢走下楼，周围吹过一股诡异的风。

卡玛（画外音）
莱斯特兰奇用夺魂咒
引诱并绑架了母亲……

十二岁的卡玛跑着追母亲，拉她的手，想把她拖回楼上。母亲把他甩开。前门突然打开，老莱斯特兰奇站在花园小径的尽头。劳瑞娜朝他走去。卡玛在后面追。老莱斯特兰奇用魔杖一指卡玛，使他瘫倒在地。

劳瑞娜躺在床上，伊尔玛把一个襁褓中的新生儿抱给老莱斯特兰奇。

第102场
内景。莱斯特兰奇陵墓——夜晚

> **卡玛**
> 那是我最后一次见到母亲。
> 她难产去世，
> 但生下一个女儿。
> （对莉塔）
> 你。

泪水出现在莉塔的眼中，内心的愧疚再次袭来。

> **卡玛**
> 母亲去世的消息
> 让我父亲发了疯。
> 他临终前，让我立下誓言，
> 必须复仇。
> （坚决）
> 杀掉莱斯特兰奇

**神奇动物：
格林德沃之罪**

在这个世界上最爱的人……
开始我以为很容易……
因为他只有一个亲人——你。
可他——

莉塔
说吧……

卡玛
……他从未爱过你。

第 103 场
内景。莱斯特兰奇庄园，卧室——1901 年——白天

故事再次开始，老莱斯特兰奇又有了一位金发碧眼的新妻子。

卡玛（画外音）
他又结了婚，
母亲去世还不足三个月。
他爱母亲并不比爱你多……
没多久……

伊尔玛抱起刚出生的男婴,递给老莱斯特兰奇,他喜形于色。

卡玛(画外音)
他的儿子科沃斯
终于降生了。
那个不知爱为何物的男人
却充满了爱……

第 104 场
内景。莱斯特兰奇陵墓——夜晚

克莱登斯在一旁注视着,神情痴迷——他就是那个婴儿吗?他急于知道更多。

卡玛
他只在乎
他的小科沃斯。

停顿。

神奇动物：
格林德沃之罪

克莱登斯

那么……这就是真相？
我是科沃斯·莱斯特兰奇？

卡玛

是的。

莉塔

不是。

克莱登斯先盯着一个人看了看，又盯着另一个人。

卡玛转身看着莉塔。莉塔眼神涣散。这么多年来，那些往事反复出现在她的噩梦中。

卡玛

（对莉塔）

当意识到
穆斯塔法·卡玛的儿子要复仇，
你父亲就想把你们藏起来，
让我无法找到你们。
于是他把你们交给仆人，
坐船把你们带去美国。

莉塔

他的确把科沃斯
送去美国，但——

原创电影剧本

卡玛

他的仆人伊尔玛·杜加尔德
是混血小精灵。
她的法力很弱,
因此我很难追踪到痕迹。
直到我看到了消息……
你们乘坐的船沉到了海底,
我才知道你们是怎么逃跑的。
可你活了下来,是吗?
　　　　　（对克莱登斯)

不知怎么,
有人把你从水里捞了出来!
"男儿残酷流放,
女儿深深绝望,
勇士复仇归邦,
展翅从水中飞翔。"
这里——
　　　　　（指着莉塔）
——站着绝望的女儿。
你是飞翔的渡鸦,
从海上归来,而我——
我是被毁灭家庭的复仇者。

卡玛举起魔杖。

神奇动物：
格林德沃之罪

卡玛
我同情你，科沃斯，
可你必须死。

莉塔
科沃斯·莱斯特兰奇已经死了。
我杀了他。

莉塔举起魔杖。

莉塔
家谱飞来！

藏在陵墓角落里的一个沉重的盒子，突然从灰尘中朝她撞来。一连串咔啦咔啦的声音，齿轮呼呼转动……如同密码被解开，盒子突然打开。

莉塔
我父亲有一棵
非常奇怪的家谱树。
上面只记录男性……

镜头里匆匆闪现出一棵树，上面缠绕着兰花一般的花卉。

莉塔
……家族里的女性

原创电影剧本

标记为花朵。
美丽。孤独。

神奇动物：
格林德沃之罪

原创电影剧本

第105场
内景。莱斯特兰奇庄园，儿童房——1901年——夜晚

伊尔玛从婴儿床里抱起一个婴儿离开，寂寥的老莱斯特兰奇在一旁注视。

     莉塔（画外音）
  我父亲让我
  跟科沃斯一起去美国。

神奇动物：
格林德沃之罪

第 106 场
内景。船舱——1901 年——夜晚

伊尔玛在睡觉。童年莉塔在下铺醒着，婴儿科沃斯在儿童床里尖叫。

莉塔（画外音）
伊尔玛装成
我们俩的祖母。

灯光突然亮了一下又灭了——童年莉塔没有动，她仍然看着尖叫的婴儿科沃斯。

莉塔（画外音）
科沃斯一直不停地哭。

背景里一片骚动，门外的走廊上跑过一个个身影。童年莉塔走向不停哭泣的婴儿科沃斯，这时伊尔玛醒了。她过去查看走廊里的骚乱和喧闹是怎么回事。

莉塔（画外音）
我从没想过伤害他。

原创电影剧本

童年莉塔全神贯注地看着婴儿。

莉塔（画外音）
我只想暂时摆脱他。
就一小会儿……

第107场
内景。轮船走廊——1901年——夜晚

对面船舱的门微微开着。婴儿克莱登斯在里面熟睡。童年莉塔悄悄溜进去,把两个婴儿交换了。

莉塔（画外音）
就那么一小会儿。

神奇动物：
格林德沃之罪

第 108 场
内景。船舱——1901 年——夜晚

童年莉塔抱着婴儿克莱登斯进来。

伊尔玛

把他给我！

船又开始颠簸。伊尔玛一把夺过婴儿克莱登斯，混乱中没有发现婴儿已被掉包。船舱的门突然撞开，外面是一位黑头发的年轻女子，穿着睡衣和救生衣。

克莱登斯的阿姨

伊尔玛？他们想
让我们穿救生衣！

她闪身钻进自己的船舱，抱起婴儿科沃斯，也没有发现婴儿已被掉包。

原创电影剧本

第 109 场
外景。救生艇——1901 年——夜晚

童年莉塔、伊尔玛和婴儿克莱登斯在一条救生艇里。克莱登斯的阿姨和婴儿科沃斯在另一条救生艇里。

一个巨浪涌来,童年莉塔眼睁睁地看着克莱登斯的阿姨和婴儿科沃斯的那条救生艇被打翻。

镜头推向海面。几位幸存者在水面浮现,其中有克莱登斯的阿姨,但没有婴儿科沃斯……克莱登斯的阿姨脱掉身上的救生衣,让自己也沉入水中……

她没有再浮出水面。镜头穿入海面,经过那位淹死的女子,可见一个溺亡的婴儿的黑色轮廓,他沉没时身后冒出一串串闪亮的魔法气泡……然后他的身影变成了……

神奇动物：
格林德沃之罪

第110场
内景。莱斯特兰奇陵墓——夜晚

……溺亡的婴儿在绿莹莹的海水中坠落，最后悬停在陵墓里。莉塔变出了这个幻象。它纠缠了莉塔一辈子，此刻她把它亮给他们看。

莱斯特兰奇家谱树上的那株代表莉塔的兰花，在标着科沃斯·莱斯特兰奇的树枝上缠绕，最后树叶枯萎、凋亡。

纽特
你根本没那个意思，莉塔。
所以不是你的错。

莉塔
纽特，你从没遇上过
你爱不了的怪物。

两人对视良久，目光中充满回忆。

蒂娜
莉塔，你知道
克莱登斯的真实身份吗？
你换孩子的时候知道吗？

原创电影剧本

莉塔

不知道。

克莱登斯做出反应。

陵墓墙壁上突然出现一个豁口。几个人都盯着那些通向地底下的台阶。脚下传来一大群人的隆隆说话声。

雅各布

奎妮？

没等有人来得及阻拦，雅各布就跑下台阶。纽特和蒂娜追了下去。莉塔看了看卡玛，然后去追纽特。

卡玛匆匆跟上。

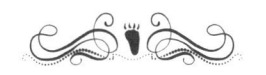

神奇动物：
格林德沃之罪

原创电影剧本

第 111 场
内景。地下圆形剧场——夜晚

雅各布走下狭窄的楼梯，进入一个地下圆形剧场，眼前是一幅令人恐惧的场景。

几千个男女巫师聚集在一处，人头攒动，有些已经坐在石凳上。气氛焦躁不安。有的巫师紧张但好奇，有的兴奋不已，还有的摩拳擦掌，准备战斗。蒙面的巫粹党在维持秩序。

镜头转向克莱登斯和纳吉尼，他们正走进剧场。

眼前的情景令他们惊愕和惧怕，他们被人流裹挟着，往圆形剧场的深处移动。

神奇动物:
格林德沃之罪

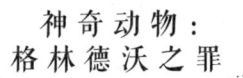

纳吉尼想把克莱登斯拉回来。

纳吉尼
全是纯血统巫师。他们
把杀我们这样的人当成游戏!

克莱登斯继续往前走。纳吉尼迟疑了一下,也跟了上去。

雅各布环顾四周,看见一个熟悉的金发脑袋——奎妮,一位巫粹党正陪她走向一个前排座位。

雅各布
(低语)
奎妮。

他在人群中推挤向前。

镜头推向雅各布,他朝奎妮跑去。

奎妮转身,感到极度喜悦——

奎妮
雅各布!亲爱的,你来了!嗨!

她一把搂住他的脖子。

原创电影剧本

奎妮
(读他的思想)

哦,亲爱的!真对不起,
我真不应该那样对你。
我那么爱你——

雅各布
你知道我也爱你,对吗?

奎妮
对。

雅各布
那好,我们快离开这儿。

他想拉奎妮原路返回,但奎妮把他拽了回去。

奎妮
(严肃)

不,等等。别着急。
我想我们可以
先听听他说什么。
你知道,就先听听。

雅各布
你说什么啊?

神奇动物：
格林德沃之罪

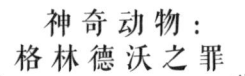

她抓着迷惑不解的雅各布的手，把他拉到前排座位上挨着自己坐下。雅各布紧张不安地看着周围那些纯血统巫师。

镜头转向纽特和蒂娜。

他们已经在人群中。蒂娜环顾四周，寻找他们追踪的人，而纽特惶恐不安，他注意到更宏观的场景。

蒂娜
是个圈套。

纽特
是啊。奎妮——
家谱树——全是诱饵。

他打量周围。巫粹党四下移动，正在封锁各个入口。

蒂娜
必须马上想办法出去。

纽特
你去找其他人。

蒂娜
你要干什么？

原创电影剧本

纽特
我要想个办法。

他动身离去。蒂娜放慢速度,在人群中移动,寻找雅各布和克莱登斯。

镜头转向一个巫粹党,他注视着纽特的行动。

灯光转暗。人群开始欢呼。

第112场
内景。地下圆形剧场——夜晚

镜头跟随格林德沃,他走上舞台,观众欣喜若狂,爆发一片欢呼。他站在舞台上,既像煽动家,又像摇滚巨星,观众的狂热逐步升级。

镜头转向蒂娜,她在人群中缓慢移动,寻找目标。

她发现了奎妮,以及不远处的克莱登斯。她先接近谁呢?她选择了克莱登斯,可是她移动时被一个巫粹党挡住了。他们互相对视。蒂娜知道自己绝对是寡不敌众。在巫粹

神奇动物：
格林德沃之罪

党的盯视下，她在一张石凳上落座。

镜头摇过人群。奎妮如痴如醉，雅各布缩在座位上，胆战心惊……卡玛心存怀疑……克莱登斯目瞪口呆，纳吉尼不相信任何人……莉塔打量着格林德沃，暗自忖度……

镜头转向格林德沃，他示意人群安静下来。

格林德沃

我的兄弟们，
我的姐妹们，
我的朋友们，
你们的掌声——这份大礼并非给我。
（听到否定的声音）
不是。那是给你们自己的。

镜头转向莉塔。她在人群中，没有鼓掌，但感受到格林德沃人格魅力的吸引。

格林德沃

你们今天来是因为
内心的渴望和一种认知，
老办法不再适合我们了……
你们今天来是因为
渴望新的东西，

原创电影剧本

不一样的东西。

镜头转向克莱登斯,他在倾听。

格林德沃
都说我憎恨非巫师。
麻瓜。麻鸡。
莫魔。

观众中许多人发出嘘声和嘲笑声。雅各布在座位里缩得更矮了。奎妮一时感到焦虑不安,她抓住雅各布的手:不,等等,听着——

格林德沃
我不恨他们。我不恨。

人群中一片沉默。

格林德沃
我不是为了憎恨而战斗。
我认为麻瓜不是低等群体,
而是别种群体。
不是毫无价值,
而是有别种价值。
不可自由处置,
而是该特别对待。

神奇动物：
格林德沃之罪

（停顿）

魔法的盛放
只会在极少数灵魂里。
只会授予那些
追求更高尚事业的人。
我们将为全人类
创造怎样的世界啊！
我们盼望的是自由，是真理——

他的目光与前排奎妮的目光相遇。

格林德沃
——更是爱。

镜头摇向奎妮，此时她全部的心灵已被他俘获……

原创电影剧本

第113场
外景。拉雪兹神父公墓——夜晚

墓地间出现了五十位傲罗的身影。镜头推进，可见忒修斯也在其中。

忒修斯
听他的集会并不违法！
对人群使用最低限度的法力。
不能让他抓到把柄！

但是其他人脸上显露出紧张，甚至恐惧，有几个人明显表现出战斗和复仇的欲望。

神奇动物：
格林德沃之罪

原创电影剧本

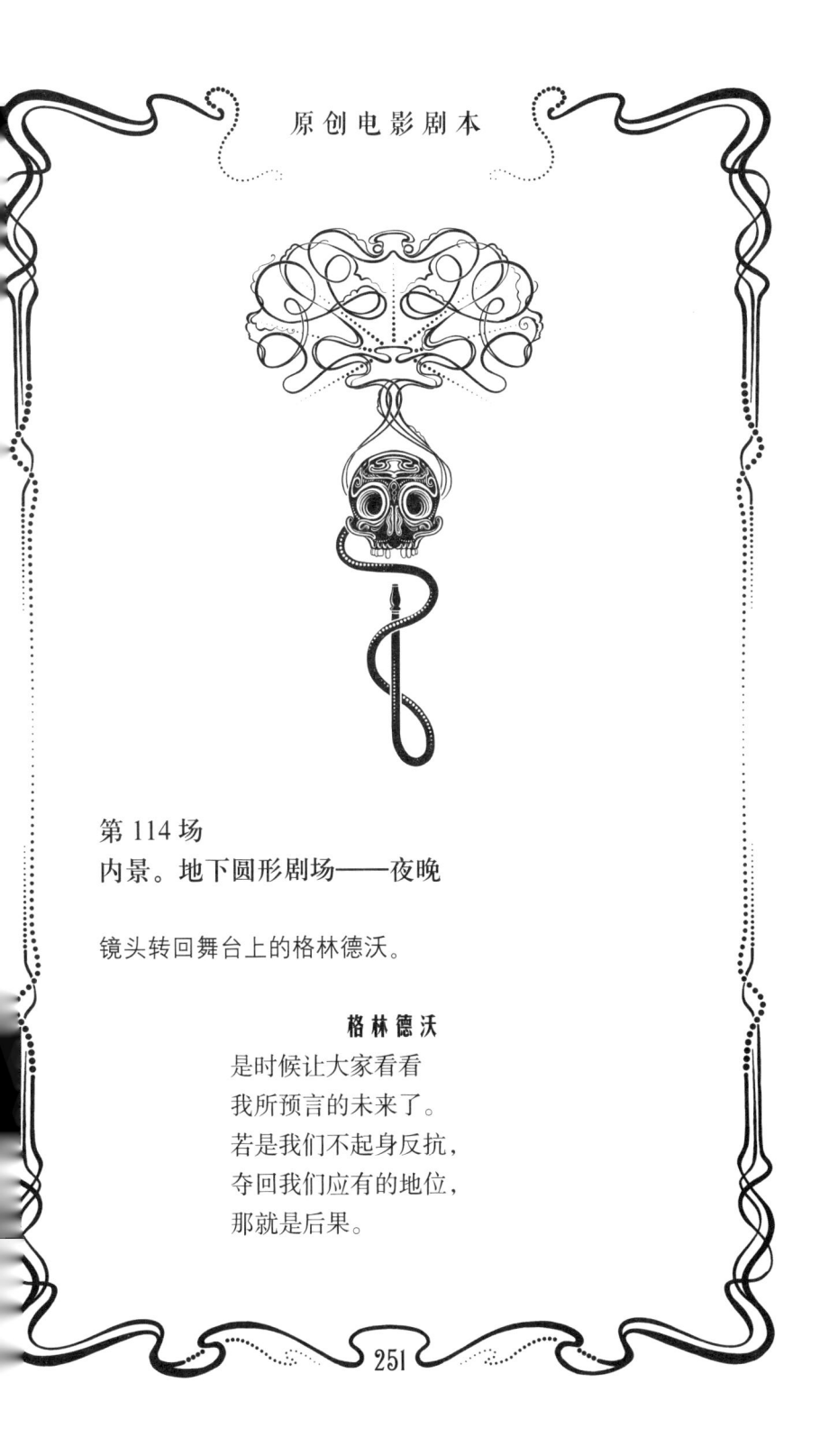

第114场
内景。地下圆形剧场——夜晚

镜头转回舞台上的格林德沃。

格林德沃
是时候让大家看看
我所预言的未来了。
若是我们不起身反抗，
夺回我们应有的地位，
那就是后果。

神奇动物：
格林德沃之罪

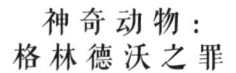

罗齐尔出现在舞台上。她鞠了一躬，把骷髅烟袋呈给格林德沃。

观众席里一片沉寂。格林德沃被骷髅的金光照亮。他通过管子深深吸气。他眼珠上翻，露出眼白。他开始吐气……

……场面十分离奇。一袭色彩艳丽的巨幅斗篷似乎从他双唇间铺展而出，延伸至巍峨的石头天花板，斗篷上有活动的图像——人群吃惊得倒吸冷气——

无数双穿着靴子的脚大踏步前进……爆炸声，人们举枪奔跑……

镜头推向台下人们的脸，痴迷而害怕，幻象的光在他们脸上掠过。

镜头推向纽特，他十分震惊。

核爆炸的幻象震动了圆形剧场，令人胆寒。人群感受到了，惊恐万状。他们纷纷尖叫，最后幻象渐渐淡去，留下一片惶恐的喃喃低语……

镜头推向雅各布，他深感恐惧。

原创电影剧本

雅各布
不能再打仗了……

幻象消失。所有的目光都回到格林德沃身上。

格林德沃
那才是我们要对抗的！
那才是敌人——
他们的傲慢，
他们的贪权争利，
他们的野蛮无理。
再过多久，他们就会把武器对准我们？

镜头摇过剧场出口，可见傲罗正不为人察觉地进入剧场，在人群中呈扇形散开。

镜头推向忒修斯，他非常担忧——局势很不稳定，极有可能恶化。

人群安静下来，焦虑，满含期待。他们在等待某种新的、不同寻常的启示。

格林德沃
在我说这番话时，什么也不要做。
你们必须保持冷静，
控制自己的情绪。

神奇动物：
格林德沃之罪

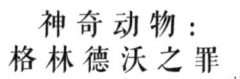

(停顿)
有傲罗混进我们之中。

吃惊的喘息声。可以看见傲罗们惊惶四顾。相比之下，他们人数太少。人群充满敌意。

格林德沃
(对刚刚进入的傲罗)
靠近点儿，巫师兄弟们！
加入我们。

面对越来越响的嘘声和愤怒的讥笑声，傲罗们知道他们别无选择，只能走上前去亮相。

镜头转向莉塔，她扭头望去。

她看见了忒修斯。两人饱含深情地久久对视。

忒修斯
(对其他傲罗)
别动手。别用武力。

然而，一位非常神经质的年轻傲罗，已经与一个红头发的年轻女巫对上目光。女巫怒气冲冲，跟他一样焦躁不安，用手指摆弄着魔杖。

原创电影剧本

格林德沃

他们杀害了我很多追随者,
这是真的。在纽约,
他们关押我,折磨我。
他们击倒自己的巫师同胞,
只因为他们说出了真相,
只因为他们想要自由……

他故意利用情绪不稳的红发年轻女巫的情感。那个年轻傲罗把魔杖举起几寸,他能感觉到女巫对暴力的渴望——

格林德沃

你的愤怒——
你渴望复仇——
这很自然。

事情就这么发生了。女巫举起魔杖,但年轻傲罗抢先施咒。女巫在同伴的惊惧中倒地死去。

格林德沃

不!

尖叫声充斥整个剧场。格林德沃走上观众席,人群闪开为他让道。他跪下来,把红发年轻女巫无力的躯体抱在怀里。

神奇动物：
格林德沃之罪

格林德沃
（对她的朋友们）
把这位年轻的勇士
送回她家人身边。

没有人注意到嗅嗅从格林德沃的靴子底下钻出来，消失在人群里。

格林德沃
幻影移形。去吧。
从此地出发，去传出消息：
不是我们寻求暴力。

他们接过尸体，幻影移形，大部分观众也纷纷幻影移形。忒修斯和傲罗们注视着纯血统巫师离开。忒修斯引领傲罗们上前。

忒修斯
（看着格林德沃）
我们抓住他。

他们开始走下圆形剧场的台阶。格林德沃转身背对步步逼近的傲罗们，期待着即将到来的战斗。

格林德沃
火盾护身。

原创电影剧本

他原地转圈,在自己周围画了一个黑色火焰形成的防护圈。出口关闭了。

阿伯内西、卡罗、克拉夫特、麦克杜夫、纳杰尔和罗齐尔穿过火焰,走进防护圈。

镜头对准克拉尔,他在犹豫。

然后,他决定选择防护圈,他鼓起勇气,跑进火焰——被吞噬了。

格林德沃

傲罗们,穿过火焰加入我吧。
向我许下牢不可破的誓言吧,
否则你将死亡。
只有这里你才懂得自由,
只有这里你才懂得自己。

格林德沃向空中射出一堵火墙,追赶逃跑的傲罗们。

格林德沃

要按规矩!
别作弊,孩子们。

纳吉尼抓住克莱登斯,想拉他一起离开,但他死死地盯着格林德沃。

神奇动物：
格林德沃之罪

克莱登斯
他知道我是谁。

纳吉尼
他知道你的家族，
但不知道现在的你……

格林德沃隔着火焰朝克莱登斯微笑。

纽特
克莱登斯！

纽特试图对抗火焰，但火势越发凶猛，火舌如鳗鱼一般剧烈窜动。

克莱登斯做出决定。他挣脱纳吉尼，走向火焰。

纳吉尼震惊不已，被迅速蔓延的火势逼退。

镜头对准奎妮和雅各布，他们被逼到另一道墙边。

雅各布
奎妮，你快醒醒。

原创电影剧本

奎妮
(决心已定)
雅各布,他就是答案。
他想要的跟我们一样。

雅各布
不,不,不。

奎妮
是的。

雅各布
不。

黑色火焰迅速朝他们扑来。

镜头对准克莱登斯,他正在穿过火焰。

格林德沃拥抱他,像拥抱一个回头的浪子。

格林德沃
这都是为了你,克莱登斯。

镜头对准奎妮和雅各布。

神奇动物：
格林德沃之罪

奎妮

跟我走吧。

雅各布

亲爱的，别去！

奎妮

(尖叫)

跟我走！

雅各布

你疯了。

她读取雅各布的思想，转身，迟疑了一下，走进了黑色火焰。

雅各布

(绝望，不敢相信)

不！奎妮，你别去！

奎妮发出尖叫，雅各布恐惧地把脸捂住，奎妮穿过火圈，来到格林德沃身边。

雅各布

奎妮……

原创电影剧本

蒂娜
奎妮!

奎妮幻影移形。

蒂娜回击,朝格林德沃射出一个咒语,但是那圈火焰以更加凶猛的势头熊熊蹿出。格林德沃像指挥一支乐队一样指挥火焰,老魔杖是他的指挥棒,火舌击打着那些试图幻影移形或逃跑的傲罗们。

六七个傲罗慌不择路,穿过火焰跑向格林德沃。

镜头对准纽特和忒修斯,他们并肩站在圆形剧场的台阶上。

格林德沃
斯卡曼德先生,你觉得
邓布利多会为你哀悼吗?

格林德沃朝他俩抛来大股黑色火焰,忒修斯和纽特奋力自卫。

莉塔(画外音)
格林德沃!住手!

格林德沃看见莉塔。

神奇动物：
格林德沃之罪

忒修斯

莉塔……

格林德沃

我想我知道这个人。

忒修斯用无比强大的意志力，开辟了一条通向莉塔的通道，决意与她同在。他们使出全身解数不让火焰靠近。

格林德沃穿过火焰走向莉塔，忒修斯奋力靠近，急切地想来到莉塔身边。

格林德沃

莉塔·莱斯特兰奇……
受到所有巫师的歧视，
没有人爱，被人虐待……
却很勇敢。非常勇敢。

（对莉塔）

是时候回家了。

他伸出一只手。莉塔凝神注视。

他看着莉塔，眯起眼睛。

莉塔望向忒修斯和纽特，他俩都注视着她，神色震惊。

原创电影剧本

莉塔

我爱你。

她用魔杖指着罗齐尔手中的骷髅,骷髅爆炸。罗齐尔被仰面击倒,格林德沃暂时被一团混乱遮蔽。

莉塔
(对其他人)

走!快走!

火焰吞噬了莉塔。忒修斯如发狂一般。他想冲去救她。

可是纽特一把抓住他,两人幻影移形。火焰在后面追赶他们,它的暴涨映射出格林德沃的愤怒。

格林德沃
(低语)

我讨厌巴黎。

神奇动物：
格林德沃之罪

第115场
外景。拉雪兹神父公墓——一分钟后——夜晚

纽特和忒修斯、蒂娜和雅各布、卡玛和纳吉尼，都从圆形剧场幻影显形出来。黑色的火焰像多头蛇一样追赶他们，从每个墓地往外喷吐火舌。

勒梅终于赶到了。

公墓处于毁灭的边缘。格林德沃放出的火焰完全失控。它形成巨龙般的怪物，决意毁灭一切。

勒梅

聚起来！围成一个圈，
魔杖直入地下，
否则巴黎会被毁灭！

纽特和忒修斯

万咒皆终！

蒂娜

万咒皆终！

卡玛

万咒皆终！

原创电影剧本

勒梅
万咒皆终!

除了雅各布,我们的英雄们围成一圈,把魔杖插进地里。

遏制格林德沃的邪恶之火几乎需要超人类的力量,他们不得不用更猛烈的火焰与之搏斗。我们的英雄团结一致,奋力抗击……

最后,他们的净化之火终于击退了格林德沃的烈焰。通向地下巢穴的入口被封闭了。

他们拯救了整个城市。

勒梅安慰雅各布。纳吉尼坐在黑暗中,涕泪涟涟。

纽特尴尬地慢慢走向痛失所爱的忒修斯。纽特迟疑着,绞尽脑汁想说几句安慰的话。然后,生平第一次,他一把搂住自己的哥哥。两人拥抱。

纽特
我选好了一边。

嗅嗅一瘸一拐地走向纽特,纽特把它捡起……

神奇动物：
格林德沃之罪

纽特
（对嗅嗅）
过来。好了。有我在。

……接着他注意到嗅嗅爪子里抓着格林德沃的小药瓶。他惊异地拿过挂坠。纽特把小药瓶和嗅嗅都塞进了自己的大衣里。

第116场
外景。霍格沃茨的高架桥——黎明

邓布利多从霍格沃茨穿过高架桥，走向站在桥那头的纽特、雅各布、蒂娜、忒修斯、纳吉尼、卡玛、特拉弗斯和形形色色的傲罗们。

纽特独自走上前去迎接邓布利多。特拉弗斯作势阻拦。

忒修斯
（对特拉弗斯）
最好让他单独过去谈。

特拉弗斯张嘴想反驳，但面对忒修斯的目光，他简单地点点头。

纽特朝邓布利多走去。他们在高架桥中间相遇。

第 117 场
外景。奥地利，纽蒙迦德城堡的窗户——黎明

克莱登斯凝视着窗外的天空，为自己做的事情感到害怕，又被壮观的景致所震撼。镜头摇向高耸在山巅的纽蒙迦德城堡。

第 118 场
内景。纽蒙迦德城堡，侧间——黎明

格林德沃和奎妮透过半开的门注视着克莱登斯，这扇门通向一间豪华的会客厅。

神奇动物：
格林德沃之罪

格林德沃

（低语）

他还是害怕我吗？

奎妮

（低语）

你要小心……
他不知道自己
是否做了正确的决定。
跟他相处要非常温柔。

她微微一笑，他鞠躬目送她从另一扇门出去。看到她离开后，他走进会客室去见克莱登斯。

格林德沃

我有份礼物给你，我的孩子。

他从背后拿出一根漂亮的魔杖。他微鞠一躬，把魔杖递给克莱登斯，克莱登斯不敢相信自己的眼睛。

原创电影剧本

神奇动物：
格林德沃之罪

第119场
外景。霍格沃茨的高架桥——白天

只见邓布利多眼窝凹陷。他惯常的平静不见了。此刻的他一筹莫展。

邓布利多
真的吗，莉塔的事？

纽特点点头。

纽特
是的。

原创电影剧本

邓布利多
真的很遗憾。

纽特掏出小药瓶。邓布利多凝视着它,惊愕的同时心如刀割。

纽特
那是血盟,是吗?
你们发过誓不会相互伤害。

邓布利多万般羞愧,点了点头。

邓布利多
(心潮起伏)
看在梅林的分儿上,
你是怎么拿到……?

嗅嗅从纽特的外衣里探出脑袋,难过地看着挂坠被交了出去。

纽特
格林德沃似乎并不明白,
在他看来低微的东西自有其特性。

邓布利多举起双手,露出警示环。

神奇动物：
格林德沃之罪

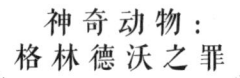

镜头对准忒修斯。

他举起魔杖。

镜头转回邓布利多和纽特。

警示环从邓布利多的手腕落下。

小药瓶——血的盟誓——悬在他们之间。

纽特

你能销毁它吗？

邓布利多

也许……也许。

他心绪难平，眼含热泪，尽量让语气显得轻快。

邓布利多

（指嗅嗅）

想来喝杯茶吗？

他们转身返回霍格沃茨。

纽特

他喜欢牛奶。

原创电影剧本

你得把茶匙藏好了。

其他人慢慢跟在后面。

第 120 场
内景。纽蒙迦德城堡——黎明

格林德沃
你承受了最令人发指的背叛,
被至亲至信的人背叛,
被你自己的家族亲人。
而你的兄弟想要毁灭你,
正如他为你受的苦而雀跃。

克莱登斯剧烈地喘息。他的雏鸟小心翼翼地走上格林德沃的手掌。格林德沃把它丢入空中,它立刻燃烧起来。

格林德沃
你的家族有一个传说,
无论谁有急需,
凤凰就会出现。

神奇动物：
格林德沃之罪

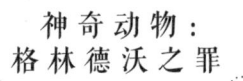

雏鸟终于有了空间，开始伸展翅膀，变成大鸟。大鸟在燃烧，一只凤凰重生了。

格林德沃

这是你与生俱来的权利，

我的孩子。

就像这个我要告诉你的名字。

（低语）

奥睿利乌斯。

奥睿利乌斯·邓布利多。

（停顿）

我们携手重塑这个世界，

一起留名青史。

克莱登斯转身。他的默默然的力量终于有了释放渠道。他用魔杖指着窗户，一个威力无比的魔咒把玻璃击得粉碎，劈开了对面的山峦。

克莱登斯站在那里，透过破碎的玻璃看着自己魔法造成的后果。他是卓然超凡的，而这只是刚刚开始。

完

电影术语表

定格——镜头停在某个人物或物体上。

返回——镜头聚焦于场景中某一特定人物或动作之后，返回另一人物或动作。

近镜头——从近距离拍摄人物或物体。

快速切换——无过渡地切换到另一场景。

叠化镜头——场景之间的过渡，一个画面逐渐淡出，另一画面逐渐淡入，取而代之。

外景——户外，外部环境。

内景——室内，内部环境。

画外——银幕之外发生的动作，或银幕上看不见的人物所说的话。

摇摄镜头——摄像机在固定轴上转动，从某一拍摄对象慢慢转向另一拍摄对象。

视点镜头——摄像机从某一特定人物的视角拍摄。

低声——悄声或压低声音说话。

画外音——未在银幕上的场景中出现的人物所说的话。

演职人员表

华纳兄弟电影公司出品

盛日影业公司制作

大卫·叶茨作品

《神奇动物：格林德沃之罪》

导演····································大卫·叶茨
剧本····································J.K.罗琳
制片人····················大卫·海曼（美国制片人工会）

J.K.罗琳（美国制片人工会）

斯蒂夫·科洛夫斯（美国制片人工会）

莱昂内尔·威格拉姆（美国制片人工会）

执行制片人················蒂姆·刘易斯，尼尔·布莱尔

里克·塞纳特，丹尼·科恩

摄影指导··························菲利普·鲁斯洛
艺术指导··························斯图尔特·克雷格
剪辑··································马克·戴
服装设计··························科琳·阿特伍德
音乐··························詹姆斯·纽顿·霍华德

领衔主演

纽特·斯卡曼德·····················埃迪·雷德梅尼
蒂娜·戈德斯坦······················凯瑟琳·沃特森
雅各布·科瓦尔斯基····················丹·福格勒
奎妮·戈德斯坦······················艾莉森·苏多尔
克莱登斯·巴瑞波恩····················埃兹拉·米勒
莉塔·莱斯特兰奇·····················佐伊·克拉维兹
忒修斯·斯卡曼德·····················卡勒姆·特纳
纳吉尼····························金秀贤
尤瑟夫·卡玛························威廉·纳迪兰
阿伯内西···························凯文·格思里

以及

阿不思·邓布利多······················裘德·洛

和

盖勒特·格林德沃······················约翰尼·德普

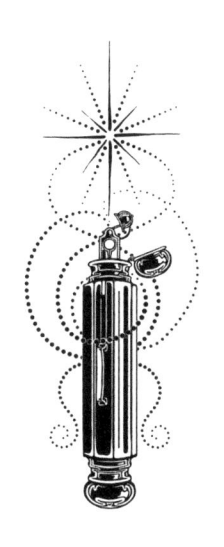

关于作者

J.K. 罗琳是"哈利·波特"系列小说的作者,该系列出版于1997—2007年间,深受读者喜爱。包括她为慈善组织撰写的三部衍生作品在内,"哈利·波特"系列销量已逾500,000,000册,被翻译成80种语言,并被改编成八部好莱坞大片。

《神奇动物在哪里》原本是J.K. 罗琳为资助"喜剧救济"基金会而撰写的霍格沃茨"教科书",后来成为华纳兄弟公司拍摄的全新原创系列电影的灵感来源。该系列电影共有五部,其中第一部于2016年上映,第二部《神奇动物:格林德沃之罪》于2018年11月上映。

J.K. 罗琳与编剧杰克·索恩、导演约翰·蒂法尼合作的舞台剧《哈利·波特与被诅咒的孩子》分别于2016年在伦敦西区、2018年在百老汇上演,并将于2019年进行世界巡演。

J.K. 罗琳还以罗伯特·加尔布雷思为笔名撰写了"科莫兰·斯特莱克"系列推理小说,该系列的第四部小说于2018年秋季出版。"斯特莱克"系列小说被勃朗特影视公司改编为电视剧,在BBC和HBO电视台播放。J.K. 罗琳还为成年读者创作了小说《偶发空缺》,该书于2012年出版。

I

关于图书设计

本书的装帧设计由总部设在伦敦的米纳利马设计工作室完成。工作室的创办者米拉菲拉·米纳和爱德华多·利马是两部"神奇动物"电影及八部"哈利·波特"系列电影的平面设计师。他们的作品对魔法世界的视觉风格产生了巨大影响,无论是在电影制作和主题公园的平面设计中,还是在畅销出版物中。

本书的封面和插图以故事里的元素和动物为基础。它体现出二十世纪二十年代的法国新艺术风格,与电影里的美学设计相呼应,并沿袭了J.K.罗琳的剧本《神奇动物在哪里》的主题,那部电影的设计也由米纳利马工作室负责。

插图均为手工绘制,后期用绘图软件制作完成。

正文字体是 Crimson Text,大号字体是 Sheridan Gothic SG。

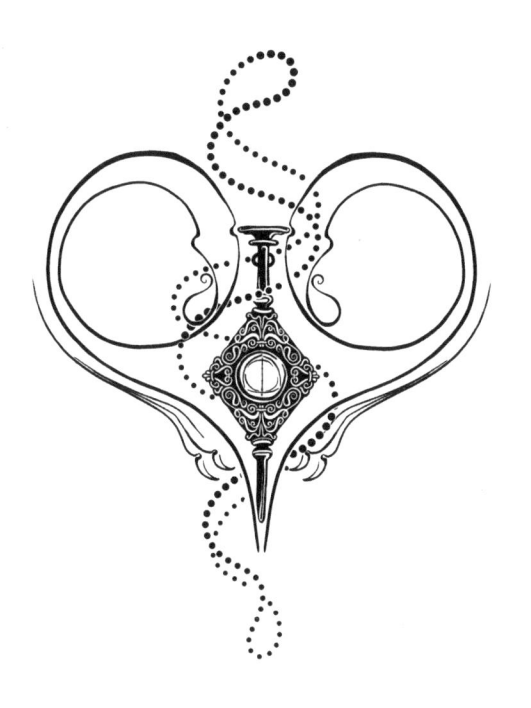